FOLIO JUNIOR

Titre original : *The Pavilion on the links*

Robert Louis Stevenson

Le Pavillon dans les dunes

traduit de l'anglais
par Charles Ballarin

FOLIO JUNIOR/**GALLIMARD** JEUNESSE

CHAPITRE I

Où tandis que je campais dans la forêt côtière de Graden je vis une lumière dans le pavillon

Etant jeune, j'avais un goût prononcé pour la solitude. Je mettais un point d'honneur à rester à l'écart, et ne point chercher de divertissement en dehors de moi-même ; j'ajoute que je n'eus ni amis ni relations avant de rencontrer celle qui devait devenir ma femme et la mère de mes enfants. La seule personne dont je fusse proche était M. Robert Northmour, de Graden-Easter en Écosse, que j'avais connu à l'université. Il n'y avait guère d'affection entre nous, pas davantage d'intimité, cependant nos similitudes de caractère nous permettaient de vivre ensemble sans trop de problèmes. A l'époque nous nous prenions pour des misanthropes, mais j'ai compris depuis que nous n'étions que de tristes sires. Pouvait-on seulement dire que nous nous tenions compagnie ?

Parlons plutôt de coexistence entre deux individus peu sociables. L'extraordinaire violence naturelle de Northmour était telle qu'il avait le plus grand mal à demeurer en paix avec quiconque autre que moi ; et comme il respectait mes habitudes taciturnes, et me laissait aller et venir à ma guise, je tolérais sa présence sans ombrage. Je crois bien que nous nous considérions comme deux amis.

Northmour obtint son diplôme ; de mon côté, je quittai l'université sans me soumettre à cette formalité. Sur ces entrefaites, il m'invita à faire un long séjour à Graden-Easter. C'est ainsi que je découvris le cadre de mes futures aventures. Le manoir de Graden se dressait sur une morne étendue de terre à quelque trois milles de la côte de la mer du Nord. Il était vaste comme une caserne ; et comme il était construit en pierre friable, rongée par l'air âpre de la mer, il était humide et parcouru de courants d'air à l'intérieur, et tombait à moitié en ruine à l'extérieur. Il était impossible pour deux jeunes gens d'habiter confortablement dans un tel logis. Mais, au nord du domaine, dans une étendue déserte de landes et de dunes battues par le vent, qui séparait les cultures de la mer, il y avait un petit pavillon, ou belvédère, de construction plus moderne, qui correspondait exactement à nos besoins ; c'est dans cet ermitage que, parlant peu, lisant beaucoup, et nous retrouvant rarement en dehors des repas, Northmour et moi passâmes quatre mois d'un hiver tumultueux. J'aurais pu prolonger mon séjour ; mais un soir de mars, une dispute survint entre nous, qui rendit mon départ inévitable. Northmour eut des mots violents, et je suppose que je lui répondis avec quelque vivacité. Il bondit de sa chaise et me sauta à la gorge ; il me fallut, sans exagérer, lutter pour ma vie ; j'eus toutes les peines du monde à le maîtriser, car il était presque aussi fort que moi, et semblait possédé par le diable. Le lendemain matin, nous nous retrouvâmes comme si de rien n'était ; mais je jugeai prudent de me retirer ; et il n'essaya pas de m'en dissuader.

Neuf ans s'écoulèrent avant que je ne retourne dans la région. A cette époque, je voyageais avec une petite charrette bâchée, une tente et un réchaud, cheminant tout le jour à côté de ma roulotte et, la nuit, lorsque c'était possible, jouant les gitans dans un creux au milieu des collines, ou à la lisière des bois. Je crois que, de cette manière, je parcourus la plupart des régions désolées d'Angleterre aussi bien que d'Écosse ; et comme je n'avais ni amis ni famille, je n'avais pas à me soucier d'écrire, et n'avais d'autre adresse que l'étude de mon notaire, où j'allais, deux fois par an, toucher ma rente. Cette vie suffisait à mon bonheur ; et rien ne me plaisait comme la perspective de vieillir sur les routes et de finir mes jours dans un fossé.

Mon seul souci était de trouver des coins écartés où camper sans craindre d'être dérangé ; c'est ainsi que, me trouvant dans une autre partie du même comté, je me rappelai le pavillon dans les dunes. Nulle route ne s'en approchait à moins de trois milles. La plus proche agglomération (il s'agissait d'un simple village de pêcheurs) était distante d'une demi-douzaine de milles. Sur dix milles de longueur, et sur une largeur qui variait de trois milles à un demi-mille, cette bande de terre nue s'étendait le long de la mer. La plage, qui en était l'accès naturel, était faite de sables mouvants. Je puis dire en vérité qu'il n'y a pas, dans tout le Royaume-Uni, de meilleur endroit où se cacher. Je décidai de passer une semaine dans la forêt côtière de Graden-Easter où je parvins à la tombée du jour, au terme d'une longue étape, par un grand frais de septembre.

Le paysage, comme je l'ai dit, était un mélange de *links* et de dunes. *Links* est un mot écossais qui désigne du sable qui a cessé de se déplacer et se trouve couvert d'une végétation plus ou moins dense. Le pavillon se dressait sur une étendue plane ; un peu en retrait, la forêt commençait par une haie de sureaux que le vent faisait se blottir les uns contre les autres ; du côté de la façade, quelques dunes écorchées le séparaient de la mer. Des roches qui émergeaient du sol retenaient le sable, si bien qu'un promontoire séparait le rivage en deux baies peu profondes ; et juste au-delà du jusant, les rochers émergeaient de nouveau, formant un îlot minuscule mais aux arêtes saisissantes. Les sables mouvants s'étendaient sur une vaste surface à marée basse, et avaient, dans la région, une sinistre réputation. A proximité du rivage, entre l'îlot et le promontoire, on disait qu'ils avalaient un homme en quatre minutes et demie ; mais une telle précision n'était pas nécessairement fondée. Le pays grouillait de lapins, était hanté par les mouettes dont les appels incessants retentissaient dans le pavillon. En été, le spectacle alentour était lumineux, et même réjouissant ; mais par cette soirée de septembre, au coucher du soleil, alors que le vent soufflait fort, et que les grandes marées déferlaient à l'assaut des *links,* l'endroit bruissait de rumeurs de marins morts et de naufrages. Un navire qui faisait voile vers le large à l'horizon, et un énorme morceau d'épave à moitié enfoui dans les sables à mes pieds, vinrent compléter pour moi l'histoire du paysage.

Le pavillon, construit par le dernier propriétaire du domaine, l'oncle de Northmour, un virtuose un peu fou et prodigue, avait résisté à l'épreuve du temps. Il était haut de deux étages, construit dans le goût italien, entouré par un lopin de jardin, où rien ne prospérait que quelques fleurs sauvages ; avec ses volets clos, il ressemblait davantage à une maison où jamais personne n'avait habité qu'à une demeure désertée par ses occupants. De toute évidence, Northmour n'était pas chez lui. Était-il en train de bouder dans la cabine de son yacht, ou de faire une de ses apparitions inattendues et extravagantes dans la société ? Bien entendu, je ne pouvais le savoir. L'endroit semblait désert et pouvait intimider même un solitaire endurci comme moi ; le vent poussait dans les cheminées sa note étrange et plaintive ; et c'est avec le soulagement du fugitif qui trouve enfin un abri, que je fis demi-tour et, poussant ma charrette devant moi, m'enfonçai dans les bois.

La forêt côtière de Graden avait été plantée afin d'abriter les champs cultivés et d'arrêter la pénétration du sable poussé par le vent. A mesure que l'on s'enfonçait en venant du rivage, les sureaux cédaient la place à d'autres arbustes vigoureux ; mais la futaie était chétive et broussailleuse ; son existence n'était que lutte ; les arbres étaient habitués à se balancer toute la nuit au gré des âpres tempêtes de l'hiver ; et même au début du printemps, les feuilles volaient déjà, car l'automne commençait de bonne heure dans cette plantation exposée. Vers l'intérieur des terres, le sol formait une éminence qui, avec l'îlot, servait d'amer aux marins. Lorsque la colline se détachait vers le nord de l'îlot, les navires devaient virer franchement vers l'est, afin d'éviter Graden Ness et les Graden Bullers. Au plus profond du bois, un ruisseau courait parmi les arbres et comme les feuilles et la vase qu'il charriait lui faisaient barrage, il s'épandait par endroits en mares d'eau stagnante. Une ou deux chaumières étaient perdues dans la forêt ; selon

Northmour, il s'agissait de constructions ecclésiastiques qui avaient, en leur temps, abrité de pieux ermites.

Je me trouvai un repaire, ou plutôt un trou de faible profondeur, à proximité d'une source d'eau pure ; après avoir défriché les ronces, j'y plantai ma tente, et fis du feu pour préparer mon souper. J'attachai mon cheval plus loin dans les bois, dans un endroit où se trouvait une minuscule prairie. Le talus qui encerclait mon gîte masquait la lueur de mon feu, mais il m'abritait aussi du vent, qui était froid et soufflait avec violence.

La vie que je menais m'avait rendu à la fois résistant et frugal. Je ne buvais que de l'eau, et mangeais rarement quoi que ce fût de plus coûteux que des flocons d'avoine ; j'avais si peu besoin de sommeil que, tout en me levant aux premières lueurs du jour, il m'arrivait souvent de rester éveillé pendant de longues heures, que la nuit fût sombre ou étoilée. C'est ainsi que, dans la forêt de Graden, bien que je me sois endormi du sommeil du juste à 8 heures du soir, je m'étais réveillé avant 11 heures, l'esprit clair et sans la moindre sensation de somnolence ou de fatigue. Je me levai et allai m'asseoir près du feu, pour contempler les arbres qui dansaient et les nuées qui fuyaient devant la tempête au-dessus de ma tête, et écouter le vent et les lames qui déferlaient sur la grève ; au bout d'un moment, las de ne rien faire, je sortis de mon antre, et me dirigeai en flânant vers la lisière du bois. La nouvelle lune, masquée par la brume, éclairait faiblement mes pas. La lumière devint plus vive lorsque je pénétrai sur les *links*. En même temps, le vent, parfumé par le sel du grand large, et porteur de particules de sable, me frappa de plein fouet, et je dus baisser la tête.

Lorsque je la relevai pour regarder autour de moi, j'aperçus une lumière dans le pavillon. Elle n'était pas immobile, mais passait d'une fenêtre à l'autre comme si quelqu'un visitait les différents appartements avec une lanterne ou une bougie. Je restai quelques secondes, interdit, à la regarder. Lorsque j'étais arrivé, dans l'après-midi, la maison était manifestement déserte ; à présent, elle semblait tout aussi clairement occupée. Ma première idée fut qu'une bande de voleurs s'y était introduite, et était peut-être en train de piller les placards de Northmour, qui étaient nombreux et plutôt bien garnis. Mais qu'est-ce qui pouvait bien attirer des voleurs à

Graden-Easter ? En outre, on avait ouvert les volets ; pour ce genre d'activité, on aurait plutôt tendance à les fermer. J'écartai donc cette hypothèse, et me rabattis sur une autre : c'était sans doute Northmour lui-même qui venait d'arriver, et était en train d'aérer et d'inspecter le pavillon.

J'ai déjà dit qu'il n'y avait aucune véritable affection entre cet homme et moi ; l'eussé-je aimé comme un frère, d'ailleurs, j'aurais tout de même évité de le rencontrer, tant j'étais épris de solitude. En l'occurrence, je fis demi-tour et pris mes jambes à mon cou ; c'est avec un authentique soulagement que je me retrouvai à l'abri auprès de mon feu : j'avais échappé à une rencontre avec quelqu'un que je connaissais ; c'était encore une bonne nuit de sauvée. Le lendemain, je pouvais, selon mon humeur, m'esquiver avant que Northmour ne soit levé, ou lui rendre une brève visite.

Le matin venu, toutefois, je trouvai la situation si divertissante que j'en oubliai ma timidité. Northmour était à ma merci ; je lui préparai donc une bonne farce, tout en sachant qu'il n'était pas homme avec qui on pouvait impunément plaisanter ; et, riant à l'avance de mon triomphe, pris position parmi les sureaux à l'orée du bois, d'où j'avais une vue directe sur la porte du pavillon. Tous les volets étaient de nouveau fermés, ce qui, je m'en souviens, me sembla étrange ; quant à la maison, avec ses murs blancs et ses stores verts, elle paraissait pimpante et habitable dans la lumière du matin. Les heures passèrent, et toujours aucun signe de Northmour. Je le savais peu matinal, mais, comme midi approchait, je finis par perdre patience. Pour tout dire, je m'étais promis de faire entorse à mon habituelle frugalité à l'intérieur du pavillon, et la faim commençait à me tenailler sérieusement. Seule la perspective d'une bonne farce eût pu me détourner d'une telle occasion ; mais l'instinct animal prévalut, et faisant une croix sur ma facétie, je sortis du bois.

L'aspect de la maison me donna, à mesure que j'approchais, un sentiment de malaise. Rien ne semblait avoir changé depuis la veille ; je m'attendais, je ne sais trop pourquoi, à ce qu'elle donnât quelques signes extérieurs d'occupation. Il n'en était rien : les volets étaient tous soigneusement fermés, aucune fumée ne s'échappait des cheminées, et la porte d'entrée elle-même était bien cadenassée. Northmour était donc entré par l'arrière ; la conclusion s'imposait d'elle-même ; mais jugez de ma surprise lorsque, ayant fait le tour de la maison, je trouvai la porte de derrière cadenassée de la même manière.

J'en revins derechef à ma théorie initiale des voleurs, et me reprochai vivement ma passivité de la veille. J'examinai toutes les fenêtres du rez-de-chaussée : aucune n'avait été forcée ; j'inspectai les cadenas : ils étaient tous les deux bien fermés. Comment les voleurs, s'il s'agissait de voleurs, étaient-ils entrés dans la maison, c'était le problème. Je me fis la réflexion qu'ils étaient peut-être montés sur le toit de la remise, où Northmour avait son laboratoire de photographie ; et, de là, qu'ils avaient finalement pénétré par effraction, soit par la fenêtre du bureau, soit par celle de mon ancienne chambre.

Je refis ce qu'ils avaient dû faire avant moi ; et, parvenu sur le toit, essayai d'ouvrir les volets des deux pièces. Ils étaient bien fermés ; mais je n'allais pas en rester là ; avec un peu d'insistance, l'un d'eux finit par céder, m'écorchant en même temps le dos de la main. Je portai celle-ci à ma bouche, et restai peut-être, je m'en souviens, à la lécher comme un chien pendant une trentaine de secondes. Soudain, comme je regardais machinalement derrière moi, au-delà des *links* désolés, en direction de la mer je vis une grande goélette, à quelques milles au nord-est. Alors, je levai la fenêtre, et entrai.

Je fis le tour de la maison. Rien ne saurait exprimer ma mystification. Pas la moindre trace de désordre. Au contraire, les pièces étaient extraordinairement propres et accueillantes. Je trouvai des flambées prêtes à être allumées ; trois chambres préparées avec un luxe qui n'était absolument pas dans les habitudes de Northmour, de l'eau dans les aiguières et les lits ouverts ; une table dressée pour trois convives dans la salle à manger, et une ample provision de viandes froides, de gibier et de légumes sur les planches du garde-manger. On attendait du monde, c'était évident ; mais pourquoi des hôtes, alors que Northmour avait horreur des mondanités ? Et, par-dessus tout, pourquoi ces préparatifs nocturnes, furtifs ? Et pourquoi les volets fermés et les portes cadenassées ?

Je fis disparaître tous les signes de ma visite, et sortis par la fenêtre, inquiet et oublieux de toute plaisanterie.

La goélette n'avait pas bougé ; et l'idée me vint un moment qu'il pouvait s'agir du *Red Earl,* qui amenait le propriétaire du pavillon et ses invités. Mais la proue du bateau était pointée vers le large.

CHAPITRE II

Débarquement nocturne

Je revins à mon repaire pour me préparer un repas dont j'avais grand besoin, et aussi pour m'occuper de mon cheval, que j'avais quelque peu négligé dans la matinée. De temps à autre, je revenais à l'orée du bois ; mais rien n'avait changé dans le pavillon, et aucun être humain ne se montra de tout le jour sur les *links.* La goélette ancrée au large était le seul signe de vie dans mon champ de vision. Sans raison apparente, le bateau tournait tantôt sa proue vers le large, tantôt vers la côte, tantôt encore se tenait à la cape. Les heures passèrent. Comme le soir tombait, cependant, il se rapprocha lentement. J'étais de plus en plus convaincu qu'il transportait Northmour et ses invités, et qu'ils allaient probablement débarquer une fois la nuit tombée ; non seulement parce que cela cadrait avec tout le mystère qui avait entouré les préparatifs, mais aussi parce que la marée ne serait pas assez haute avant 11 heures pour recouvrir le Graden Floe et les autres bourbiers marins qui défendaient le rivage contre les envahisseurs.

Le vent faiblit au fil des heures à mesure que la marée baissait ; mais aux alentours du crépuscule, la tempête se leva de nouveau. La nuit tomba, noire comme de l'encre. Le vent soufflait du large en rafales semblables aux bordées d'une batterie de canons ; de temps à autre, une averse s'abattait ; les vagues enflèrent avec la marée montante. Depuis mon poste de guet parmi les sureaux je vis monter une lumière à la tête de mât de la goélette, ce qui me fit comprendre qu'elle était plus près du rivage que lorsque je l'avais vue pour la dernière fois au soleil couchant. J'en conclus qu'il s'agissait là d'un signal à l'intention des compagnons de Northmour qui se trouvaient à terre ; m'avançant à découvert, je regardai autour de moi, dans l'attente d'un signal en réponse.

Un sentier étroit longeait l'orée du bois, formant la voie de communication la plus directe entre le pavillon et le manoir ; comme je tournais mes regards dans cette direction, je vis une lumière, à quelques centaines de mètres à peine, qui s'approchait rapidement. A en juger par sa course inégale, il devait s'agir d'une lanterne portée par quelqu'un qui suivait les méandres du sentier, et que les rafales les plus brutales faisaient chanceler et s'arrêter. Je me dissimulai de nouveau parmi les sureaux, guettant avec anxiété l'approche du nouveau venu. C'était une femme ; comme elle passait à une demi-perchée de l'endroit où je me tenais en embuscade, je la reconnus : la vieille femme sourde et silencieuse qui avait été jadis la nourrice de Northmour était sa complice dans cette ténébreuse affaire.

Je la suivis à quelque distance, profitant des innombrables accidents de terrain, dissimulé par l'obscurité, et favorisé non seulement par la surdité de la nourrice, mais aussi par le rugissement du vent et des vagues. Elle entra dans le pavillon et, montant aussitôt au premier étage, ouvrit une fenêtre qui donnait sur la mer, et y plaça une lumière. Instantanément, la lumière fut descendue de la tête du mât, puis éteinte. Elle avait fait son office, et les passagers du bateau savaient qu'ils étaient attendus. La vieille femme reprit ses préparatifs ; bien que les autres volets demeurassent clos, je distinguai une lueur qui allait et venait à l'intérieur ; et des gerbes d'étincelles, montant d'une cheminée après l'autre, m'indiquèrent qu'elle était en train d'allumer les feux.

Northmour et ses invités, j'en étais à présent certain, débarqueraient dès que la mer aurait recouvert les sables mouvants. La nuit était rude pour la navigation ; et une certaine inquiétude vint se mêler à ma curiosité, à la pensée des risques d'un tel débarquement. Mon ancien compagnon, certes, était un homme fort excentrique ; mais l'excentricité qu'il méditait me frappait par son côté à la fois inquiétant et lugubre. Poussé par une foule de sentiments divers, je me dirigeai vers la grève, où je me tapis dans un creux à quelques pieds du sentier qui menait au pavillon. De là, j'aurais la satisfaction de voir les nouveaux arrivants, et, s'ils étaient de mes connaissances, de les saluer sitôt qu'ils débarqueraient.

Peu avant 11 heures, alors que la marée était encore dangereusement basse, une lumière apparut tout près de la plage ; puis, les sens ainsi mis en éveil, j'en vis une autre encore au large, secouée violemment, et parfois cachée, par la houle. Le temps, qui se dégradait à mesure que la nuit avançait, et la situation périlleuse du yacht, mouillé à proximité d'une côte sous le vent, avait probablement provoqué un débarquement à la première occasion propice.

Peu après, quatre hommes d'équipage portant un coffre très lourd, précédés d'un cinquième qui tenait une lanterne, passèrent à quelques pas de moi, et furent introduits dans le pavillon par la nourrice. Ils retournèrent à la plage, et passèrent une deuxième fois devant moi avec un autre coffre, plus grand, mais apparemment moins lourd que le premier. Une troisième fois, ils répétèrent cette opération ; cette fois, l'un des matelots portait une grosse valise de cuir, et les autres une malle de femme et un sac de voyage. Ma curiosité était piquée. Si une femme se trouvait parmi les invités de Northmour, cela signifiait un changement d'habitude de sa part, un véritable reniement de ses chères théories sur l'existence, qui ne manqua pas de m'intriguer au plus haut point. Du temps où lui et moi y habitions ensemble, le pavillon était un temple de la misogynie. Et voilà qu'un membre du sexe abhorré allait s'installer sous son toit ! Je me rappelai avoir été frappé par un ou deux détails, quelques notes délicates, presque coquettes la veille, tandis que j'inspectais les préparatifs en cours dans la maison ; leur objet était clair à présent, et je me trouvai bien sot de n'avoir point fait cette déduction sur-le-champ.

Tandis que je me faisais ces réflexions, une autre lumière monta vers moi de la grève. Elle était portée par un matelot que je n'avais pas vu auparavant, et qui guidait deux autres personnes vers le pavillon. Il s'agissait là, sans nul doute, des invités pour lesquels on avait apprêté la maison ; tendant l'oreille et plissant les yeux, je les observai tandis qu'ils passaient. L'un était un homme de très grande taille, coiffé d'un chapeau de voyage rabattu sur les yeux, et vêtu d'une cape écossaise au col relevé, boutonnée de telle sorte qu'on ne pût voir son visage. On n'en pouvait rien déduire d'autre que le fait qu'il était, comme je l'ai déjà dit, de très grande taille, fortement voûté, et qu'il marchait avec difficulté. A ses côtés, sans que je pusse dire si c'était pour s'accrocher à lui ou le soutenir, se découvrait la silhouette jeune, élancée et frêle d'une femme. Elle était d'une pâleur extrême ; mais à la lumière du fanal, son visage apparaissait tellement ravagé par des ombres noires et changeantes qu'elle aurait pu être aussi laide que le péché, ou belle, comme je devais m'en apercevoir par la suite.

Comme ils arrivaient à ma hauteur, la jeune fille fit une remarque qui se perdit dans le tumulte du vent.

« Chut ! » dit son compagnon, sur un ton qui me fit frissonner et m'ébranla en même temps. Cette interjection semblait provenir d'une poitrine oppressée par une terreur extrême ; jamais je n'ai entendu syllabe si expressive ; et je l'entends encore lorsque je suis pris de fièvre la nuit, et que mon esprit se remémore les temps anciens. L'homme s'était tourné vers la jeune fille pour lui parler ; j'aperçus une abondante barbe rousse, un nez qui avait dû être cassé dans son jeune âge, et des yeux clairs qui brillaient au milieu de son visage comme s'il était en proie à une émotion violente et désagréable.

Ils passèrent devant moi, et furent à leur tour introduits dans le pavillon.

Un par un, ou par petits groupes, les matelots retournèrent sur la grève. Le vent m'apporta le son d'une voix rude criant : « Poussez au large ! »

Au bout d'un moment, un autre fanal approcha. C'était Northmour, seul.

Mon épouse et moi-même, chacun à sa manière, nous sommes souvent étonnés ensemble de ce qu'un homme puisse être, en même temps, aussi beau et aussi repoussant que Northmour. Il avait toute l'apparence d'un gentilhomme accompli ; son visage portait tous les signes de l'intelligence et du courage ; mais il suffisait de le regarder, même dans ses moments d'extrême affabilité, pour voir qu'il avait un tempérament de négrier. Je n'ai jamais connu personne d'aussi violent et vindicatif à la fois ; il alliait la vivacité des gens du Sud et les haines implacables des gens du Nord ; ces deux traits se lisaient clairement sur son visage, et constituaient une espèce de signal de danger. Physiquement il était grand, robuste et plein d'énergie ; ses cheveux étaient noirs, son teint très mat. La beauté de son visage était gâtée par une expression menaçante.

Je le trouvai en l'occurrence d'une pâleur étrange ; il avait l'air profondément préoccupé et jetait des regards inquiets autour de lui tout en marchant, tandis que ses lèvres ne cessaient de remuer, comme celles d'un homme assailli de mille appréhensions. Cependant j'eus l'impression qu'il y avait un air de triomphe sous tout cela, comme si, après avoir beaucoup œuvré, il sentait la victoire à sa portée.

En partie par scrupule de délicatesse (bien tardif, j'en conviens), et aussi pour le plaisir de faire une surprise à une vieille connaissance, je décidai de faire connaître ma présence sans plus attendre.

D'un bond je me levai, m'avançai vers lui et l'appelai :

– Northmour !

De ma vie je n'ai reçu un choc si violent. Sans prononcer une parole il bondit sur moi ; quelque chose brilla dans sa main, et il chercha à me percer le cœur avec un poignard. Au même moment, je le renversai d'un coup de poing. Était-ce à cause de la vivacité de ma réaction, ou d'une hésitation de sa part ? toujours est-il que la lame ne fit que m'égratigner l'épaule, tandis que la garde et son poing me frappaient violemment la bouche.

Je m'enfuis, mais je n'allai pas loin. J'avais à mainte reprise observé à quel point les dunes sont propices aux embuscades soigneusement préparées et aux retraites furtives ; parvenu à dix mètres de la scène de notre lutte, je m'affalai de nouveau sur l'herbe. Le fanal était tombé et s'était éteint. Mais quelle ne fut pas ma surprise en voyant Northmour s'échapper d'un bond vers le pavillon, et barricader la porte derrière lui avec un lourd bruit métallique !

Il ne m'avait pas poursuivi ! Il s'était enfui ! Northmour, que je connaissais pour le plus implacable et le plus audacieux des hommes, s'était enfui ! Je n'arrivais pas à y croire ; et pourtant, tout n'était-il pas également incroyable, dans ces étranges circonstances ? Pourquoi, en effet, ces préparatifs secrets dans le pavillon ? Pourquoi Northmour avait-il débarqué avec ses compagnons en pleine nuit, pratiquement en pleine tempête, la grève à peine recouverte ? Pourquoi avait-il essayé de me tuer ? N'avait-il pas reconnu ma voix ? Autant de questions sans réponse. Et, par-dessus tout, pourquoi tenait-il un poignard à portée de la main ? Un poignard, ou quelque couteau aiguisé, semblait une précaution surprenante à l'époque où nous vivions. Et un gentilhomme débarquant de son yacht sur le rivage de son propre domaine, même de nuit et dans des conditions pour le moins mystérieuses, n'a pas pour habitude, on en conviendra, de se tenir ainsi paré à l'éventualité d'une agression mortelle. Plus j'y pensais, moins j'y voyais clair. Je récapitulai tous ces événements mystérieux, en les comptant sur mes doigts : le pavillon préparé en secret pour recevoir des invités ; ceux-ci débarqués au péril de leur vie, et au risque de voir leur navire se perdre ; et certains d'entre eux, au moins, plongés dans une terreur évidente, et apparemment inexplicable ; Northmour armé d'une lame dégainée ; Northmour frappant son plus vieux compagnon au premier accent de sa voix ; enfin, mais ce n'était pas là le moins étrange, Northmour prenant la fuite devant l'homme qu'il avait tenté d'assassiner, et se barricadant, comme une bête traquée, derrière la porte du pavillon. Il y avait là au moins six bonnes raisons d'être extrêmement surpris ; et chacune s'alliait aux autres pour former avec elles un ensemble cohérent. J'avais presque honte de me fier à mes sens.

Comme je restais là, saisi d'étonnement, je commençai à sentir la douleur que me causaient les blessures reçues au cours de notre bagarre ; je m'éloignai furtivement parmi les dunes et, par un chemin détourné, regagnai le couvert du bois. En chemin, je vis la vieille nourrice passer de nouveau, à quelques mètres de moi, portant toujours sa lanterne ; elle s'en retournait au manoir de Graden. Cela faisait un septième mystère dans cette affaire. Northmour et ses invités allaient, selon toute apparence, se charger de la cuisine et du ménage, tandis que la vieille femme continuerait d'habiter la grande bâtisse déserte au milieu du domaine. Il fallait qu'il y eût de fortes raisons de garder le secret pour affronter tant d'inconfort.

Tout à mes pensées, je regagnai ma cachette. Par surcroît de sécurité, je piétinai les braises de mon feu, et allumai ma lanterne pour examiner mon épaule blessée. C'était une simple estafilade, mais elle saignait beaucoup. Je la pansai tant bien que mal, car elle était ainsi placée que j'avais du mal à l'atteindre, avec un bout de chiffon et de l'eau froide de la source. Ce faisant, je déclarai intérieurement la guerre à Northmour et à son mystère. Je ne suis pas homme à céder à la colère, et je crois qu'il y avait dans mon cœur plus de curiosité que de rancœur. Mais je n'en déclarai pas moins la guerre ; en guise de préparatif, je sortis mon revolver, et, après avoir extrait les balles, le nettoyai et le rechargeai avec un soin scrupuleux. Ensuite, je m'occupai de mon cheval : il pouvait se détacher, ou se mettre à hennir et ainsi trahir la présence de mon campement dans les bois. Je décidai de me séparer de lui ; longtemps avant l'aube, je le menai à travers les *links* en direction du village de pêcheurs.

CHAPITRE III

Où le lecteur apprendra comment je fis la connaissance de ma femme

Pendant deux jours je rôdai autour du pavillon, profitant du relief accidenté des dunes. Je devins expert dans la tactique qui s'imposait. Ces monticules et ces creux de faible profondeur qui se succédaient devinrent comme un manteau de ténèbres abritant mon enquête passionnante quoique guère honorable peut-être. Pourtant, en dépit de cet avantage, je n'appris pas grand-chose au sujet de Northmour et de ses invités.

La vieille femme apportait le ravitaillement du manoir sous le couvert de l'obscurité. Northmour et la jeune femme, parfois ensemble, mais plus souvent séparément, faisaient des promenades d'une ou deux heures sur la grève, le long des sables mouvants. Il fallait donc que cette promenade demeurât secrète, car l'endroit n'était accessible que de la mer. Mais cela ne me dérangeait pas. Les dunes les plus élevées et les plus accidentées donnaient directement sur la plage ; et de là, allongé dans un creux, je plongeais mes regards sur Northmour ou la jeune femme pendant leur promenade.

Le grand vieillard semblait avoir disparu. Non seulement il ne franchissait jamais le seuil, mais ne se montrait jamais à la moindre fenêtre, du moins autant que je puisse voir ; car je n'osais m'approcher, fût-ce en rampant, à moins d'une certaine distance pendant le jour, étant donné que les fenêtres de l'étage ouvraient sur les creux des *links.* Et la nuit, lorsque je pouvais m'aventurer plus près, les fenêtres du rez-de-chaussée était barricadées comme pour soutenir un siège. Je me disais parfois que le grand vieillard était peut-être grabataire, car je n'avais pas oublié sa démarche laborieuse ; parfois encore, je me demandais s'il n'était pas simplement parti, laissant Northmour et la jeune femme seuls dans le pavillon. Mais cette idée ne me plaisait guère.

Qu'ils fussent mariés ou non, j'avais de nombreuses raisons de douter qu'il y eût entre eux beaucoup d'affection. Bien que je ne puisse entendre ce qu'ils se disaient, et à peine davantage surprendre une expression précise sur leur visage, il y avait, dans leur attitude, une distance, presque une raideur, qui indiquaient qu'ils se connaissaient mal, et même qu'ils étaient ennemis. La jeune fille marchait plus vite lorsqu'elle était avec Northmour que lorsqu'elle était seule ; or je pensais que s'il y avait eu entre eux la moindre affection, cela eût ralenti l'allure plutôt que de la hâter. De plus, elle se tenait à un bon mètre de lui, traînant son parapluie comme une barrière entre eux deux. Northmour ne cessait de se rapprocher, et comme elle s'écartait à mesure qu'il s'approchait, leur itinéraire décrivait une sorte de diagonale à travers la plage, si bien qu'ils auraient fini dans les vagues s'ils avaient marché plus longtemps. Mais à l'approche de l'eau, la jeune femme changeait discrètement de côté, laissant Northmour entre elle et la mer. J'observais ce manège, pour ma part, avec autant de plaisir que d'approbation, riant intérieurement à chaque changement de direction.

Le matin du troisième jour, elle fit une longue promenade toute seule, et je la vis fondre en larmes à plusieurs reprises, ce qui ne laissa pas de m'alarmer. Vous en déduirez que je m'intéressais déjà à elle plus que je ne le pensais. Il y avait, dans sa manière de marcher, autant de légèreté que de fermeté, et son port de tête avait une grâce que les mots ne sauraient rendre ; chacun de ses pas était un plaisir pour les yeux, et elle me semblait irradier la douceur et la distinction.

La journée était si agréable, le temps si calme et ensoleillé, la mer paisible, et l'air cependant vif et revigorant, que, contrairement à son habitude, elle se laissa tenter par une autre promenade. Cette fois, Northmour l'accompagnait. Ils avaient fait quelques pas sur la grève quand il lui saisit la main de force. Elle se débattit, en poussant un cri, qui était presque un hurlement. Je me levai d'un bond, oubliant ma curieuse situation ; mais avant d'avoir fait un pas, je vis Northmour tête nue, s'incliner très bas devant elle, comme pour demander pardon ; je me laissai tomber de nouveau dans mon trou. Ils échangèrent quelques mots ; puis, après s'être incliné de nouveau, il quitta la plage pour regagner le pavillon. Il passa à quelques pas de moi, cramoisi et humilié, fouettant sauvagement l'herbe avec sa canne. Avec une certaine satisfaction, je reconnus mon œuvre dans une longue coupure qu'il avait sous l'œil droit, dont l'orbite s'ornait d'une ecchymose spectaculaire.

Pendant un moment, la jeune fille demeura là où il l'avait quittée, contemplant les reflets sur la mer au large de l'îlot. Puis brusquement, comme lorsqu'on chasse une préoccupation de son esprit pour rassembler ses forces, elle se mit à marcher d'un pas vif et décidé. Ce qui venait d'arriver l'avait plongée, elle aussi, dans une violente agitation. Elle avait oublié où elle se trouvait. Et je la vis se diriger tout droit vers la lisière des sables mouvants, là où ceux-ci sont les plus profonds et les plus dangereux. Deux ou trois pas encore, et sa vie eût été gravement en danger. Je me laissai alors tomber de la dune, qui est fort escarpée en cet endroit et, parvenu à mi-distance de la jeune fille, lui criai de s'arrêter.

Elle obtempéra et se retourna. Il n'y avait pas le moindre signe de crainte dans son attitude, et elle se dirigea aussitôt vers moi comme une reine. J'étais pieds nus, vêtu comme un simple marin, à l'exception d'une large ceinture égyptienne autour de la taille ; elle me prit sans doute, à première vue, pour un pêcheur du village en quête d'appâts. Mais moi, lorsque je la vis en face, le regard fixé, droit et impérieux, sur moi, je fus empli d'admiration et d'étonnement, la trouvant encore plus belle que je ne m'y attendais. Et je ne savais que penser d'une femme qui, tout en faisant preuve de tant de courage, conservait cependant un air de pureté virginale plein de charme et d'attrait ; il faut vous dire que ma femme devait garder ; tout au long de son admirable vie, des manières dont la perfection n'est plus de ce temps ; c'est là une chose excellente chez les femmes, car cela donne d'autant plus de prix à leurs douces familiarités.

– Que signifie ceci ? demanda-t-elle.

– Vous vous dirigiez tout droit vers les sables mouvants, répondis-je.

– Vous n'êtes pas de la région, reprit-elle. Vous parlez comme un homme instruit.

– En dépit de mon accoutrement, je crois avoir quelque droit à cette appellation.

Mais ma ceinture n'avait pas échappé à la jeune femme.

– En effet, dit-elle, votre ceinture vous trahit.

– En parlant de cela, repris-je, puis-je vous supplier de ne pas me trahir ? C'est dans votre intérêt que j'ai été obligé de me découvrir ; mais si Northmour venait à apprendre ma présence, les conséquences pourraient être pour le moins déplaisantes pour moi.

– Savez-vous à qui vous parlez, monsieur ?

– A l'épouse de M. Northmour ? demandai-je en guise de réponse.

Elle secoua la tête. Pendant tout ce temps, elle scrutait mon visage avec une insistance qui ne laissait pas de me troubler. Puis elle déclara :

– Votre visage m'inspire confiance. Soyez donc aussi franc que lui, monsieur, et dites-moi ce que vous voulez, et de quoi vous avez peur. Croyez-vous que je puisse vous faire du mal ? Il me semble que vous avez bien davantage le pouvoir de me faire du mal ! Et pourtant, vous ne semblez pas avoir de mauvaises intentions. Pour quelle raison un jeune homme de condition rôde-t-il comme un espion en ces lieux désolés ? Dites-moi, demanda-t-elle, qui vous poursuivez de votre haine ?

– Je n'ai de haine pour personne, répondis-je ; et d'homme à homme, je n'ai peur de personne. Je m'appelle Cassilis, Frank Cassilis. Je vis comme un vagabond pour mon bon plaisir. Je suis un des plus vieux amis de Northmour ; et il y a de cela trois nuits, lorsque je l'ai interpellé sur cette lande, il m'a frappé à l'épaule avec son poignard.

– C'était donc vous ! dit-elle.

– Pourquoi a-t-il agi ainsi, poursuivis-je, ignorant son interruption, je suis incapable de le dire, et peu désireux de l'apprendre. Je n'ai guère plus d'amis que de penchant pour l'amitié ; mais personne ne me chassera d'où que ce soit par la peur. J'ai planté ma tente dans la forêt de Graden avant son arrivée ; j'y campe encore. Si vous pensez que je vous veux du mal, à vous ou aux vôtres, madame, le remède est entre vos mains. Dites-lui que mon campement se trouve à Hemlock Den, et il pourra me poignarder tranquillement cette nuit dans mon sommeil.

Ayant dit cela, je levai ma casquette, et escaladai de nouveau les dunes. J'ignore pourquoi, mais j'éprouvais un sentiment prodigieux d'injustice : je me sentais à la fois héros et martyr ; pourtant je n'avais rien à dire pour me justifier, ni la moindre raison à avancer pour expliquer ma conduite. J'étais resté à Graden par une curiosité assez naturelle, mais peu avouable ; et bien qu'une seconde motivation commençât à grandir à côté de la première, elle n'était pas de celles qu'à cette époque, j'aurais pu décemment exposer à l'élue de mon cœur.

Cette nuit-là, bien sûr, je ne pensai qu'à elle. Son comportement et sa situation avaient beau me paraître suspects, je ne pouvais me résoudre à douter de son honnêteté. J'aurais parié ma vie qu'elle était au-dessus de tout reproche, et bien que tout cela fût pour le moment bien obscur, que son rôle dans ces événements apparaîtrait, au moment de l'explication du mystère, à la fois juste et nécessaire. Mais j'avais beau me creuser la cervelle, rien n'y faisait : j'étais incapable d'expliquer ce qui pouvait bien la lier à Northmour ; mais je n'en étais pas moins sûr de mes conclusions, car celles-ci étaient fondées sur l'instinct, non sur la raison. Et ce soir-là, je peux vous dire que je m'endormis avec la pensée de cette jeune femme sous mon oreiller.

Le lendemain elle sortit seule à peu près à la même heure et, sitôt que les dunes la cachèrent du pavillon, s'approcha et m'appela d'une voix prudente. Je la trouvai d'une pâleur impressionnante, et en proie à une profonde émotion.

– Monsieur Cassilis, monsieur Cassilis !

Je me montrai sur-le-champ, et sautai sur la plage. Une expression d'immense soulagement envahit son visage lorsqu'elle me vit.

– Oh ! s'écria-t-elle d'une voix rauque, comme quelqu'un dont la poitrine est soulagée d'un grand poids. Grâce à Dieu, vous êtes encore en vie ! Je savais que si rien ne vous était arrivé vous seriez là.

N'était-ce pas étrange ! La nature, dans sa sagesse et sa diligence, prépare si bien nos cœurs pour ces intimités d'une vie, que ma femme et moi-même eûmes un pressentiment le lendemain même de notre rencontre : un moment auparavant j'espérais qu'elle chercherait à me voir ; et elle était certaine de me trouver.

– Je vous en supplie, reprit-elle rapidement, ne restez pas là. Promettez-moi de ne plus dormir dans ce bois. Vous ne savez combien je me tourmente ; de toute la nuit je n'ai pu dormir à l'idée du danger qui vous menaçait.

– Danger ? Quel danger ? Northmour ?

– Non, dit-elle. Pensiez-vous que je lui parlerais de vous, après ce que vous m'aviez dit ?

– Mais si ce n'est pas Northmour, repris-je, de quel danger parlez-vous ? Et de qui ? Je ne vois personne dont je doive avoir peur.

– Ne me le demandez pas, car je ne suis pas libre de vous le révéler. Croyez-moi seulement, et allez-vous en ! je vous en prie, partez vite, vite, votre vie est en danger !

On ne se débarrasse pas d'un jeune homme plein d'ardeur en suscitant ses craintes. Mon obstination ne fut que confortée par ses paroles, et dès lors, rester était pour moi une question d'honneur. Quant au souci qu'elle prenait de ma sécurité, il ne fit qu'accroître ma détermination.

– Je ne voudrais pas vous sembler indiscret, madame, répondis-je, mais si Graden est un endroit si dangereux, n'y a-t-il pas péril pour vous-même à y rester ?

Elle m'adressa un regard plein de reproche.

– Je veux parler de vous et de votre père, ajoutai-je.

Elle m'interrompit, presque haletante.

– Mon père ! comment savez-vous ?

– Je vous ai vus ensemble lorsque vous avez débarqué.

Je ne sais pourquoi, cette réponse nous sembla satisfaisante à tous les deux. Il est vrai que c'était la stricte vérité.

– Mais, poursuivis-je, vous n'avez rien à craindre de moi. Je vois que vous avez des raisons de garder le secret et, vous pouvez m'en croire, votre secret est aussi en sécurité avec moi que si j'étais au fond des sables mouvants du Graden Floe. Voilà des années que je ne parle pratiquement à personne ; mon cheval est mon unique compagnon, et même lui, pauvre bête, n'est plus avec moi. Vous voyez donc que vous pouvez compter sur mon silence. Alors dites-moi la vérité, chère mademoiselle, vous êtes en danger, n'est-ce pas ?

– M. Northmour dit que vous êtes un homme d'honneur, répondit-elle, et je le crois en vous voyant. Je vais donc répondre à votre question : vous avez raison ; un danger, un danger terrible, nous menace ; et il vous menace vous aussi tant que vous resterez ici.

– Ah ! dis-je, Northmour vous a parlé de moi ? Et il a dit du bien de moi ?

– Je l'ai interrogé à votre sujet hier soir, répondit-elle. J'ai prétendu... j'ai prétendu que je vous avais rencontré jadis, et que je vous avais parlé de lui. Ce n'était pas la vérité, mais je n'avais pas le choix sans vous trahir, et vous m'aviez mise en difficulté. Il a été fort élogieux à votre égard.

– Et, si je puis me permettre une seule question, ce danger vient-il de Northmour ? demandai-je.

– De M. Northmour ? s'écria-t-elle. Oh ! non ; il partage notre sort, c'est pourquoi il est ici.

– Et pourtant, vous suggérez que je m'enfuie ? dis-je. Vous avez peu d'estime pour moi.

– Pourquoi resteriez-vous ? demanda-t-elle. Vous n'êtes pas de notre camp.

Je ne sais ce qui me prit alors, car je ne me souviens pas avoir connu une telle défaillance depuis ma première enfance, mais je fus si mortifié par sa réponse que mes yeux s'emplirent de larmes brûlantes, tandis que je contemplais son visage.

– Non, je vous en prie, dit-elle, d'une voix changée, je n'avais nulle intention de vous blesser.

– C'est moi qui vous ai blessée, dis-je.

Je lui tendis une main suppliante ; cela dut la toucher, car elle la prit spontanément, et même avec empressement. Je retins la sienne un moment, en la regardant dans les yeux. Ce fut elle qui retira sa main la première et, oubliant tout de sa prière et de la promesse qu'elle avait essayé de m'arracher, courut de toute la vitesse dont elle était capable, sans se retourner, jusqu'à ce qu'elle soit hors de ma vue. Je compris alors que je l'aimais, et je sentis en mon cœur joyeux que je ne lui étais pas indifférent. Bien des fois par la suite elle devait s'en défendre, mais c'était en souriant, pas sérieusement. Pour moi, je suis certain que nos mains ne seraient pas restées ainsi unies si elle n'avait déjà éprouvé un sentiment pour moi. Et, au fond, est-ce si important, puisque, de son propre aveu, elle commença à m'aimer le lendemain matin ?

Ce jour-là pourtant, il ne se passa pas grand-chose. Elle vint, et m'appela comme la veille, me reprocha de m'attarder à Graden puis, voyant que je n'en démordrais pas, commença à m'interroger sur les détails de mon arrivée. Je lui dis par quelle série de hasards j'avais été le témoin de leur débarquement, et comment j'avais décidé de rester, en partie à cause de l'intérêt que les invités de Northmour avaient suscité en moi, et aussi parce qu'il avait essayé de me tuer. Pour la première cause, je crains d'avoir été maladroit, car je lui donnais ainsi à croire que j'avais été attiré vers elle dès que je l'avais vue sur la lande. Cela me soulage le cœur de faire cet aveu, même maintenant que ma femme est auprès de Dieu, et sait déjà tout, y compris la pureté de mes intentions, même en cette première nuit ; car de son vivant, bien que cela me piquât quelque peu la conscience, jamais je n'eus le courage de la détromper. Même un petit secret, dans une vie commune comme la nôtre, est comme le pétale de rose qui empêchait la princesse de dormir.

Puis nous parlâmes d'autre chose. J'évoquai longuement mon existence solitaire et vagabonde ; elle écoutait, et parlait peu. Nous devisions de la façon la plus naturelle du monde, et abordions même des sujets qui pouvaient sembler insignifiants ; pourtant nous étions tous les deux en proie à un trouble délicieux. Trop vite, il fut temps pour elle de partir ; et nous nous séparâmes, comme d'un commun accord, sans nous serrer la main, car nous savions l'un et l'autre qu'entre nous, il n'y avait pas de place pour de banales formalités.

Le lendemain (nous nous connaissions alors depuis quatre jours), nous nous retrouvâmes de bonne heure au même endroit, comme de vieux amis, et pourtant avec une grande timidité de part et d'autre. Après qu'elle m'eut parlé une fois encore du danger où je me trouvais (c'était, je le compris, l'excuse de sa venue), et bien que j'eusse moi-même préparé au cours de la nuit toutes sortes de sujets, je lui dis que son aimable sollicitude m'allait droit au cœur : personne ne s'était autant intéressé à mon passé, et d'ailleurs, avant la veille, je n'avais jamais eu envie de le raconter. Elle m'interrompit subitement, en disant, avec véhémence :

– Pourtant, si vous saviez qui je suis, vous ne m'adresseriez même pas la parole !

Je lui dis que la chose était inconcevable car, si peu que nous nous connûmes, j'avais déjà pour elle une profonde amitié ; mais mes protestations ne semblaient qu'accroître son désespoir.

– Mon père est obligé de se cacher ! s'écria-t-elle.

– Ma chère, dis-je, oubliant pour la première fois d'ajouter « mademoiselle », qu'est-ce que cela peut me faire ? Il pourrait être traqué par la terre entière, vous seriez toujours la même pour moi !

– Ah ! mais si vous en saviez la cause ! s'écria-t-elle. Nous sommes...

La voix lui manqua pendant une seconde.

– ... déshonorés !

CHAPITRE IV

Où l'on verra de quelle surprenante manière j'appris que je n'étais pas seul dans la forêt de Graden

Voici l'histoire de ma femme, telle que je la démêlai entre ses larmes et ses sanglots. Elle s'appelait Clara Huddlestone : ce nom sonnait agréablement à mes oreilles ; mais pas tant que l'autre nom de Clara Cassilis, qu'elle porta durant la part la plus longue et, grâce en soit rendue à Dieu, la plus heureuse de sa vie. Son père, Bernard Huddlestone, était banquier, et brassait de très grosses affaires. Bien des années auparavant, pour faire face à certaines difficultés, il avait dû recourir à des expédients hasardeux, puis carrément illégaux enfin, pour échapper à la faillite. En vain : il sombra irrémédiablement, et d'un seul coup perdit honneur et fortune. C'est à cette époque que Northmour commença à courtiser sa fille avec une assiduité certaine, mais peu d'encouragements en retour ; et c'est vers lui, le sachant bien disposé en sa faveur, que Bernard Huddlestone se tourna pour chercher de l'aide dans l'extrémité où il se trouvait. Ce n'était pas seulement la ruine et le déshonneur, ni même le risque d'une condamnation en justice, que l'infortuné avait attirés sur sa tête. Il serait allé, semble-t-il, en prison le cœur léger. Ce qu'il craignait, ce qui l'empêchait de dormir la nuit, ou le tirait de sa somnolence pour le plonger dans des affres atroces, c'était qu'un attentat ténébreux, imprévisible, et criminel se tramait contre sa vie. D'où son désir de fuir et d'aller s'enterrer dans une île du Pacifique Sud, et c'est à bord du yacht de Northmour, le *Red Earl,* qu'il décida de s'y rendre. Le yacht les embarqua en secret sur la côte du pays de Galles, pour les débarquer à Graden, en attendant d'être réarmé et ravitaillé pour ce long voyage. Et Clara ne pouvait douter que sa main, au terme d'un accord, était le prix du passage. Car bien que Northmour ne se montrât ni désagréable, ni même discourtois, il s'était permis, en plusieurs occasions, une certaine liberté de parole et de manière à son égard.

J'écoutai ce récit, faut-il le dire, avec un intérêt passionné, posant maintes questions sur sa partie la plus mystérieuse. Mais en vain. Elle ignorait jusqu'au moment où la catastrophe que son père redoutait tant devait s'abattre. Il était mortellement inquiet et accablé ; plusieurs fois il avait envisagé de se livrer à la police. Il renonça finalement à ce dessein, persuadé qu'il était que même les murs d'une prison anglaise ne le mettraient pas à l'abri de ses poursuivants. Au cours des dernières années de son activité, il avait fait de nombreuses affaires avec l'Italie, ainsi qu'avec des Italiens résidant à Londres, et Clara soupçonnait que ces affaires n'étaient pas sans rapport avec la menace qui pesait sur lui. Il avait éprouvé une véritable terreur en constatant la présence d'un matelot italien à bord du *Red Earl,* et avait en conséquence lancé des reproches amers et répétés à Northmour. Celui-ci avait protesté que Beppo (c'était le nom du matelot), était un homme remarquable, en qui on pouvait avoir la plus absolue confiance ; mais M. Huddlestone n'en avait pas moins continué, à partir de ce moment, de déclarer que tout était perdu, que ce n'était qu'une question de jours, et que Beppo serait en effet l'agent de sa perte.

Toute cette histoire m'apparut simplement comme le produit d'un esprit ébranlé par le malheur. Ses transactions italiennes lui avaient fait subir de lourdes pertes ; la simple vue d'un Italien lui était donc devenue odieuse : il était assez naturel, par conséquent, qu'un homme de cette race tînt le rôle principal dans ses cauchemars.

– Ce qu'il faut à votre père, dis-je, c'est un bon docteur, et des calmants.

– Vous oubliez M. Northmour ? objecta votre mère. Il n'a rien perdu, lui, et pourtant il partage les terreurs de mon père.

Je ne pus m'empêcher de rire à ce qui m'apparaissait comme de la naïveté de sa part.

– Ma chère, dis-je, vous m'avez dit vous-même quelle doit être sa récompense. En amour, tous les moyens sont bons ; et si Northmour partage les frayeurs de votre père, ce n'est pas du tout parce qu'il a peur d'un Italien, mais simplement parce qu'il est épris d'une belle Anglaise.

Elle me rappela la façon dont il s'était jeté sur moi le soir du débarquement, et je fus bien en peine de l'expliquer. Toujours est-il qu'en fin de compte, nous décidâmes que je partirais sur-le-champ pour Graden-Wester (c'est le nom du village de pêcheurs) pour chercher dans tous les journaux que j'y pourrais trouver s'il y avait le moindre fondement à ces alarmes persistantes.

Le lendemain matin, à la même heure et au même endroit, je lui ferais mon rapport. Elle ne parla pas, cette fois, de mon départ ; et pour tout dire, elle ne cacha pas qu'elle s'accrochait à l'idée de ma présence dans le voisinage comme à quelque chose d'agréable autant que de providentiel. En ce qui me concerne, jamais je ne me serais éloigné d'elle, m'en eût-elle supplié à genoux.

J'arrivai à Graden-Wester avant 10 heures du matin ; il faut dire qu'en ce temps-là j'étais un excellent marcheur, et la distance, comme je l'ai déjà dit, je crois, était à peine supérieure à sept milles ; ce fut une excursion agréable de bout en bout, sur l'herbe souple. Le village est un des plus sinistres de cette côte, ce qui n'est pas peu dire : il y a une église, au creux d'un vallon ; une anse misérable entre les rochers, où de nombreux bateaux se sont perdus en rentrant de la pêche ; une cinquantaine de maisons bordent la plage, et deux rues se croisent, l'une venant du port, l'autre partant de la première à angle droit ; au carrefour, une taverne borgne et obscure tient lieu d'hôtellerie principale.

J'étais habillé d'une façon plus digne de ma position, et me rendis immédiatement chez le pasteur, dans son petit presbytère à côté du cimetière. Il me reconnut, bien que plus de neuf années se fussent écoulées depuis notre dernière rencontre ; et lorsque je lui dis que je venais de faire une longue marche dans le pays, et n'étais pas au courant des dernières nouvelles, il me prêta volontiers une brassée de journaux, qui couvraient l'actualité du mois écoulé jusqu'à la veille. Je les emportai et me dirigeai vers la taverne, où je commandai un petit déjeuner, puis m'assis pour m'informer sur la « banqueroute de Huddlestone ».

L'affaire avait, semblait-il, fait grand bruit. Des milliers de gens se trouvaient réduits à la pauvreté ; l'un d'eux, en particulier, s'était brûlé la cervelle en apprenant la suspension des paiements. Étrangement, alors même que je lisais ces détails, j'éprouvais davantage de sympathie pour M. Huddlestone que pour ses victimes, tant l'empire de mon amour pour ma femme était déjà tout-puissant. La tête du banquier était évidemment mise à prix ; et comme le scandale était inexcusable, et l'indignation du public considérable, on offrait la somme inhabituelle de sept cent cinquante livres pour sa capture. On disait qu'il possédait de grosses sommes d'argent. Un jour, on l'avait vu en Espagne ; le lendemain, certaines informations le donnaient caché quelque part entre Manchester et Liverpool, ou même à la frontière du pays de Galles ; et le jour suivant, un télégramme annonçait son arrivée à Cuba, ou dans le Yucatán. Mais dans tout cela, pas un mot au sujet d'un Italien, ni le moindre signe de complot.

Dans le dernier journal, toutefois, une information m'intrigua. Les comptables chargés de vérifier la faillite étaient tombés, semble-t-il, sur la trace de plusieurs milliers de livres, qui apparaissaient pendant un temps dans les transactions de la banque Huddlestone, sans qu'il soit fait mention de leur provenance, ni de leur destination. La seule référence nominale était constituée par les initiales « X.X. » ; une chose était certaine : la somme avait été lancée pour la première fois lors d'une période de sévère récession, quelque six années auparavant. Le nom d'un membre éminent de la famille royale avait été prononcé par la rumeur publique en rapport avec cette somme : « Le lâche desperado » (telle était, je m'en souviens, l'expression du journal) avait, semble-t-il, pris la fuite emportant une grande partie de ces fonds mystérieux, qui étaient encore en sa possession.

J'étais en train de méditer sur ces faits, essayant par mille moyens d'établir un rapport avec le danger qui menaçait M. Huddlestone, lorsqu'un homme entra dans la taverne, et demanda du pain et du fromage avec un fort accent étranger.

– *Siete italiano ?* lui demandai-je.

– *Si, signor*, répondit-il.

Je lui fis remarquer qu'il était peu habituel de rencontrer de ses compatriotes si loin au nord ; il haussa les épaules et répondit qu'un homme irait n'importe où pour trouver du travail. Je me demandai quel genre de travail il espérait trouver à Graden-Wester. L'incident me fit une impression si désagréable que je demandai au tenancier, lorsqu'il me rendit la monnaie, s'il avait déjà vu un Italien au village auparavant. Il répondit qu'il avait vu naguère des Norvégiens, qui avaient fait naufrage de l'autre côté de Graden Ness, et avaient été sauvés par le canot de Cauldhaven.

– Non, dis-je, je veux parler d'un Italien, comme l'homme qui vient de vous demander du pain et du fromage.

– Quoi ? s'exclama-t-il, le noiraud qu'a les dents qui dépassent ? C'était un Italien ? Ben, c'est l' premier qu' je vois, et j' dirais qu' c'est sûrement l' dernier.

Tandis qu'il parlait, je levai les yeux, et, jetant un coup d'œil dans la rue, j'aperçus trois hommes en conversation, à une vingtaine de pas de là. L'un d'eux était l'homme que j'avais vu dans la taverne, un instant auparavant ; les deux autres, à en juger par leurs beaux visages mats et leurs feutres mous, appartenaient certainement à la même race. Un groupe d'enfants du village gesticulait autour d'eux en imitant leur charabia. Le trio semblait étrangement incongru dans cette rue sale et sordide, sous ce ciel lourd, et je dois avouer que mon scepticisme fut cette fois définitivement ébranlé. J'eus beau me raisonner, je ne pouvais nier l'effet de ce spectacle sur moi, et à mon tour je commençai à éprouver la peur de l'Italien.

Le crépuscule tomba avant même que j'aie rapporté les journaux au presbytère, et que je me sois enfoncé dans la lande, sur le chemin du retour. Jamais je n'oublierai cette marche. Le temps était devenu froid et houleux ; le vent sifflait dans l'herbe drue autour de mes pieds ; des averses de pluie fine s'abattaient à chaque bourrasque ; et un énorme amoncellement de nuages commença de monter du sein de l'océan. Il était difficile d'imaginer plus lugubre soirée ; et soit à cause de l'influence du climat, soit parce que mes nerfs étaient déjà affectés par ce que j'avais vu et entendu, mes pensées étaient aussi sombres que le ciel.

Les fenêtres de l'étage du pavillon donnaient sur une étendue considérable de la lande, dans la direction de Graden-Wester. Pour ne pas être repéré, il fallait longer la plage jusqu'au couvert des hautes dunes du petit promontoire ; de là je pourrais couper, par les creux, vers l'orée du bois. Le soleil était sur le point de se coucher ; la marée était basse, et tous les sables mouvants à découvert. J'avançais, ruminant de sombres pensées, lorsque, stupéfait, j'aperçus des traces de pas. Elles étaient parallèles aux miennes, mais au lieu de longer la dune, elles appuyaient du côté de la mer ; en les examinant, je compris tout de suite, d'après leur taille et leur empreinte grossière, que quelqu'un que ni moi, ni les gens du pavillon, ne connaissions venait de passer par là. Il y avait plus : d'après la témérité de l'itinéraire, qui approchait dangereusement les parties les plus redoutables de la plage, l'inconnu ignorait tout de cet endroit, et de la sinistre réputation de la plage de Graden.

Pas à pas, je suivis les empreintes ; un quart de mille plus loin, elles se perdaient vers le sud-est, au-delà des limites du Graden Floe. Là, qui que fût le malheureux, il avait péri. Une ou deux mouettes, qui l'avaient peut-être vu disparaître, tournoyaient autour de son sépulcre en poussant leur immuable et mélancolique appel. Le soleil avait percé les nuages dans un suprême effort, colorant la vaste étendue des sables mouvants d'une rougeur crépusculaire. Je restai là quelque temps à contempler les lieux, glacé et désespéré par mes propres pensées, conscient de la proximité évidente, inéluctable, de la mort. Je me souviens de m'être demandé combien de temps la tragédie avait duré, et si on avait entendu les cris de l'inconnu dans le pavillon. Puis, faisant un effort sur moi-même, j'allais m'arracher à ce spectacle lorsqu'une bourrasque plus forte que les autres s'abattit sur cette partie de la plage, et je vis, tantôt tournoyant légèrement dans les airs, tantôt planant au ras des sables un chapeau de feutre noir, de forme à peu près conique, semblable à ceux que j'avais vus sur la tête des Italiens.

Je crois, sans en être sûr, que je poussai un cri. Le vent repoussait le chapeau vers les dunes ; je courus le long des sables mouvants pour l'intercepter. Le vent tomba, laissant le chapeau un instant sur les sables puis, reprenant de la vigueur, le déposa à quelques mètres de moi. Je m'en saisis avec l'intérêt que vous imaginez. Il avait fait de l'usage ; en vérité, il était plus souillé que les deux couvre-chefs que j'avais vus ce jour-là dans la rue. La doublure était rouge, marquée du nom du chapelier, que j'ai oublié, et du lieu de fabrication : *Venedig.* Tel est (on s'en souvient encore) le nom que les Autrichiens donnaient à la belle cité de Venise qui était alors, et resta longtemps après, une partie de leur empire.

La révélation fut brutale. Je commençai à voir des Italiens partout autour de moi ; pour la première et, je puis le dire maintenant, pour l'unique fois de ma vie, je fus submergé par ce qu'on appelle une terreur panique. Je ne savais absolument pas, certes, de quoi je devais avoir peur, et pourtant j'avoue que j'avais bel et bien peur ; et c'est avec une appréhension certaine que je regagnai mon campement solitaire et exposé dans la forêt.

Là, je mangeai un peu de porridge froid qui me restait de la veille, car je n'avais pas envie de faire du feu ; puis, revigoré et rassuré, chassai de mon esprit ces terreurs imaginaires, et m'étendis tranquillement pour la nuit.

Combien de temps dormis-je ? je n'en sais rien ; mais je fus brutalement réveillé par un éclair de lumière sur mon visage. J'ouvris les yeux comme si on m'avait frappé. En une seconde, je me mis à genoux. Mais la lumière avait disparu aussi vite qu'elle était venue. L'obscurité était intense. Comme le vent soufflait par violentes rafales de la mer, et qu'il pleuvait des cordes, le tumulte de la tempête couvrait complètement tous les autres bruits.

Il me fallut une bonne trentaine de secondes pour reprendre mes esprits. A deux détails près, j'aurais pu croire que j'avais été réveillé par une forme de cauchemar particulièrement inhabituelle et intense. Je constatai tout d'abord que la portière de ma tente, que j'avais soigneusement fermée avant de me coucher, était défaite ; de plus, je sentais encore, avec une acuité qui excluait toute idée d'hallucination, l'odeur du métal brûlant, et de l'huile enflammée. Il fallut me rendre à l'évidence : j'avais été réveillé par quelqu'un qui avait approché une lanterne sourde de mon visage. Cela n'avait duré que le temps d'un éclair, puis plus rien. L'intrus avait vu mon visage, puis était parti. Je m'interrogeai sur les raisons de cet étrange comportement, et trouvai illico la réponse : quel que fût l'individu, il avait cru me reconnaître, puis s'était rendu compte de son erreur. Restait encore une question, mais je n'osais y répondre : qu'aurait-il fait si j'avais été celui qu'il cherchait ?

Cependant je cessai bientôt de craindre pour moi-même, car j'avais compris que cette visite nocturne était une méprise ; je sus alors qu'un danger terrible menaçait le pavillon. Il me fallut prendre sur moi-même pour sortir des fourrés épais et inextricables qui entouraient et dissimulaient en partie mon repaire ; je me frayai un chemin jusqu'à la lande détrempée par la pluie et battue par le vacarme assourdissant des bourrasques, craignant à chaque pas de tomber sur un ennemi tapi dans les parages. L'obscurité était si complète qu'une armée entière aurait pu m'encercler que je ne l'aurais pas su, et le tumulte de l'ouragan était si fort que mes oreilles m'étaient d'aussi peu de secours que mes yeux.

Pendant le reste de la nuit, qui sembla interminable, je patrouillai dans les environs du pavillon, sans voir âme qui vive, ni entendre d'autre bruit que le concert du vent, de la mer et de la pluie. Une lumière filtrait par la fente des volets d'une fenêtre de l'étage, et me tint compagnie jusqu'aux premières lueurs de l'aube.

CHAPITRE V

Récit d'une rencontre à trois

Aux premières lueurs de l'aube, je quittai la lande découverte, pour me retrancher dans ma vieille cachette au milieu des dunes, et attendre l'arrivée de ma femme. La matinée était grise, tourmentée et mélancolique ; le vent mollit avant le lever du soleil, puis se mit à souffler du rivage en bourrasques désordonnées ; la mer commença à baisser, mais la pluie tombait toujours sans répit. Sur toute l'étendue déserte de la lande il n'y avait pas âme qui vive. Pourtant j'étais certain que les environs grouillaient d'ennemis cachés. La lumière qui avait éclairé mon visage si vivement, et de façon si inattendue, tandis que je dormais, et le chapeau que le vent avait rabattu sur la grève depuis le Graden Floe étaient autant de signes du péril qui entourait Clara et les autres habitants du pavillon.

Il était peut-être 7 heures et demie, ou près de 8 heures, lorsque la porte s'ouvrit, et la chère silhouette s'avança dans ma direction sous la pluie. Je fus sur la plage à l'attendre avant qu'elle ait traversé les dunes.

– J'ai eu un mal fou à venir ! s'écria-t-elle. Ils ne voulaient pas que j'aille me promener sous la pluie.

– Clara, dis-je, vous n'avez donc pas peur !

– Non, dit-elle, avec une simplicité qui emplit mon cœur de confiance. Car elle était la plus courageuse ainsi que la meilleure des femmes ; d'après mon expérience ces deux qualités vont rarement ensemble, mais chez elle, c'était le cas ; et elle alliait une fermeté extrême aux vertus les plus attachantes et les plus belles.

Je lui racontai ce qui s'était passé ; malgré la pâleur visible de son visage, elle resta tout à fait maîtresse d'elle-même.

– Vous voyez à présent qu'il ne m'est rien arrivé de fâcheux, dis-je pour conclure. Ce n'est pas après moi qu'ils en ont ; car, s'ils l'avaient voulu, je serais mort cette nuit.

Elle posa la main sur mon bras.

– Et moi qui ne me doutais de rien ! s'exclama-t-elle.

L'accent de sa voix me donna un frisson de bonheur. Je passai mon bras autour d'elle, et l'attirai contre moi ; avant que, l'un comme l'autre, nous sûmes ce qui arrivait, ses mains se posèrent sur mes épaules, mes lèvres sur sa bouche. Pourtant, jusqu'alors, nous n'avions pas échangé le moindre mot d'amour. Aujourd'hui encore, je me rappelle le contact de sa joue, froide et mouillée par la pluie ; et bien des fois depuis ce jour, alors qu'elle se lavait le visage, je l'ai embrassée en souvenir de ce matin sur la plage. Maintenant qu'elle m'a été enlevée, et que je termine seul mon chemin ici-bas, je me souviens de nos tendresses amoureuses, et de l'affection sincère qui nous unissait, si bien que ma propre fin me paraît peu de chose en comparaison.

Nous étions enlacés depuis quelques secondes peut-être (le temps passe vite pour les amoureux), lorsqu'un éclat de rire nous fit sursauter. Ce n'était pas un rire naturel ; il semblait affecté, au contraire, comme pour dissimuler un sentiment plus hostile. Nous nous retournâmes tous les deux, mais je gardai le bras gauche autour de la taille de Clara ; et elle ne tenta pas de se dégager ; à quelques pas de nous sur la plage, se tenait

Northmour, la tête baissée, les mains derrière le dos, les narines pincées par la fureur.

– Ma parole, mais c'est Cassilis ! dit-il en me reconnaissant.

– En personne, dis-je, nullement embarrassé.

– Et c'est ainsi, Miss Huddlestone, poursuivit-il lentement, mais avec une colère rentrée, c'est ainsi que vous tenez parole envers votre père et moi ? C'est là tout le prix que vous attachez à sa vie ? Et vous voilà si éprise de ce blanc-bec que vous défieriez la ruine, la décence, et la plus élémentaire prudence…

– Miss Huddlestone…, dis-je pour l'interrompre, mais il me coupa brusquement la parole.

– Taisez-vous, dit-il, c'est moi qui parle à cette fille.

– Cette fille, comme vous dites, est ma femme, dis-je.

Elle s'appuya sur moi, comme pour confirmer mes paroles.

– Que dites-vous ? s'écria-t-il. Vous mentez !

– Northmour, répondis-je, chacun sait que vous avez mauvais caractère. Pour ma part, je ne suis pas homme à m'emporter pour de vaines paroles. Je suggère donc que vous parliez plus bas, car je suis certain que nous ne sommes pas seuls.

Il regarda autour de lui. Ma remarque, c'était évident, avait quelque peu calmé sa fureur.

– Que voulez-vous dire ? demanda-t-il.

Je me contentai de répondre en deux mots :

– Les Italiens.

Il poussa un juron, et nous regarda l'un après l'autre.

– J'ai mis M. Cassilis au courant, dit ma femme.

– Ce que je veux savoir, coupa-t-il, c'est d'où diable sort M. Cassilis. Et que fait-il ici ? Vous êtes mariés, dites-vous ; je n'en crois pas un mot. Si tel était le cas, le Graden Floe aura tôt fait de prononcer votre divorce ; quatre minutes et demie, Cassilis. J'ai un cimetière privé pour mes amis.

– Pour l'Italien, ça a été un peu plus long, dis-je.

Il me regarda un moment, un peu ébranlé, puis, presque poliment, me demanda de raconter mon histoire.

– Vous avez par trop l'avantage sur moi, Cassilis, ajouta-t-il.

Je m'exécutai volontiers ; et il écouta, non sans proférer quelques interjections, tandis que je lui disais comment j'étais arrivé à Graden ; j'ajoutai que c'était moi qu'il avait essayé de tuer la nuit du débarquement ; et je lui dis ce que par la suite j'avais vu et appris au sujet des Italiens.

– Bon, dit-il, lorsque j'eus terminé, l'heure est enfin venue ; on ne peut en douter. Puis-je savoir quelles sont vos intentions ?

– J'ai l'intention de rester, et de vous aider, répondis-je.

– Vous ne manquez pas de courage, répondit-il, sur un ton énigmatique.

– Je n'ai pas peur, dis-je.

– Alors, je dois comprendre, poursuivit-il, que vous êtes mari et femme ? Vous maintenez cela devant moi, Miss Huddlestone ?

– Nous ne sommes pas encore mariés, dit Clara, mais nous le serons dès que possible.

– Bravo ! s'exclama Northmour. Que faites-vous de nos accords ? Par le diable, vous n'êtes pas une sotte, jeune fille ; avec vous, on peut appeler un chat un chat. Vous savez aussi bien que moi à quoi tient la vie de votre père. Il me suffit de me croiser les mains derrière le dos et de m'en aller, et il aura la gorge tranchée avant ce soir.

– En effet, monsieur Northmour, répliqua Clara sans se démonter ; mais c'est une chose que vous ne ferez jamais. Vous avez conclu un accord indigne d'un gentilhomme ; mais il n'empêche que vous êtes un gentilhomme, et que vous n'abandonnerez jamais un homme que vous avez commencé à aider.

– Ah ! s'écria-t-il. Vous pensiez que je donnerais mon yacht pour rien ? Que je risquerais ma vie et ma liberté pour les beaux yeux d'un vieillard ? et que, pour couronner le tout, je servirais de témoin à la noce ? Au fond, ajouta-t-il, avec un sourire étrange, qui sait si vous n'avez pas raison ? Mais demandez plutôt à Cassilis. Il me connaît, lui. Suis-je quelqu'un en qui on peut avoir confiance ? Suis-je sûr, et plein de scrupules ? Suis-je bon ?

– Je sais que vous parlez beaucoup, et parfois, à mon avis, sottement, répondit Clara, mais je sais que vous êtes un gentilhomme, et je n'ai absolument pas peur.

Il la contempla avec une sorte d'approbation mêlée d'admiration ; puis, se tournant vers moi :

– Croyez-vous que je renoncerai à elle sans lutter, Frank ? Autant vous prévenir tout de suite : prenez garde ! car la prochaine fois que nous en viendrons aux mains…

– Ne sera guère que la troisième, interrompis-je en souriant.

– C'est juste, en effet, dit-il. J'avais oublié. Eh bien, la troisième sera la bonne.

– Vous voulez dire que cette fois, vous aurez l'équipage du *Red Earl* pour vous prêter main forte, dis-je.

– Qu'est-ce que je vous disais ? demanda-t-il en se tournant vers ma femme.

– Ce que j'entends, ce sont deux hommes qui parlent comme des lâches, déclara-t-elle. Je me mépriserais de parler, et même de penser, ainsi. Et aucun de vous ne croit un mot de ce qu'il dit, ce qui rend tout cela d'autant plus méprisable et stupide.

– Quelle maîtresse femme ! s'écria Northmour. Mais elle n'est pas encore à vous, Cassilis. C'est tout ce que je peux dire, car je n'ai pas encore l'avantage.

C'est alors que ma femme dit une chose surprenante.

– Je vous quitte, dit-elle brusquement. Mon père est resté seul trop longtemps. Mais n'oubliez pas : vous devez être amis, car vous m'êtes tous les deux très chers.

Elle m'a dit depuis pourquoi elle avait agi ainsi. Tant qu'elle resterait avec nous, elle savait que nous continuerions à nous défier ; et il faut croire qu'elle avait raison, car sitôt qu'elle fut partie, nous retrouvâmes tout de suite une espèce de complicité.

Northmour la suivit des yeux tandis qu'elle s'éloignait sur la dune.

– Il n'y en a pas deux comme elle, s'exclama-t-il, soulignant ses mots d'un juron. Regardez cette allure !

De mon côté, je sautai sur l'occasion pour essayer d'en savoir davantage.

– Dites donc, Northmour, lui dis-je, nous sommes dans de beaux draps, n'est-ce pas ?

– Je vous crois, mon vieux, répondit-il, l'air grave et en me regardant dans les yeux. Tous les diables de l'enfer sont à nos trousses, voilà la vérité. Croyez-moi si vous voulez, mais je crains pour ma vie.

– Il y a une chose que j'aimerais savoir, dis-je. Que cherchent-ils, ces Italiens ? Que veulent-ils à M. Huddlestone ?

– Comment ! vous n'êtes pas au courant ? s'écria-t-il. Ce vieux scélérat avait des fonds de *carbonari* en dépôt. Il y en avait pour deux cent quatre-vingt mille livres ; et bien entendu, il a tout risqué, et tout perdu en Bourse. Il devait y avoir une révolution dans le Trentin, ou à Parme ;

mais il n'en est plus question, et le nid de guêpes tout entier est à la recherche d'Huddlestone. Et nous pourrons nous estimer heureux de sauver notre peau.

– Les *carbonari* ! m'écriai-je. Que Dieu lui vienne en aide !

– Amen ! dit Northmour. Maintenant, écoutez-moi bien : j'ai dit que nous étions dans de sales draps ; et en toute franchise, votre aide serait la bienvenue. Si je ne puis sauver Huddlestone, je veux au moins sauver sa fille. Installez-vous au pavillon ; je vous en donne ma parole, je vous traiterai en ami, jusqu'à ce que le vieux soit hors de danger ou mort. Mais, ajouta-t-il immédiatement, une fois cette affaire réglée, vous redeviendrez mon rival ; je vous préviens, soyez sur vos gardes.

– Marché conclu, dis-je en lui serrant la main.

– Maintenant, allons directement au fort, dit Northmour.

Sur ce, il se mit en route sous la pluie.

CHAPITRE VI

Où l'on apprend comment je fis la connaissance du grand vieillard

Clara nous fit entrer dans le pavillon. Je fus surpris par la solidité et l'étendue des fortifications. Une barricade extrêmement résistante, et cependant facile à déplacer, soutenait la porte contre tout assaut de l'extérieur ; les volets de la salle à manger, où l'on me fit immédiatement entrer, et qui était faiblement éclairée par une lampe, étaient fortifiés de manière encore plus élaborée. Les panneaux étaient renforcés par des barres et des traverses, lesquelles à leur tour étaient maintenues par un système d'étais et d'entretoises dont les uns s'appuyaient sur le sol, les autres sous la toiture, d'autres enfin contre le mur opposé de la pièce. C'était tout un ouvrage de charpente, robuste et bien conçu ; et je ne cherchai pas à dissimuler mon admiration.

– C'est moi l'ingénieur, dit Northmour. Vous vous rappelez les planches du jardin ? les voilà.

– Je ne vous connaissais pas tous ces talents, dis-je.

– Êtes-vous armé ? demanda-t-il, en désignant tout un arsenal de fusils et de pistolets, tous dans un état irréprochable, les premiers alignés contre le mur, les autres disposés sur une console.

– Merci, dis-je, je ne me promène plus sans arme depuis notre première rencontre. Mais je vous avouerai que je n'ai rien mangé depuis hier après-midi.

Northmour sortit de la viande froide, que j'attaquai avec appétit, ainsi qu'une bouteille d'excellent bourgogne dont je n'hésitait pas à profiter, tout trempé que je fusse. Par principe, je suis quelqu'un de sobre ; mais rien ne sert de pousser la vertu jusqu'au vice, et en l'occurrence je crois que je vidai les trois quarts de la bouteille. Tout en mangeant, je continuai d'admirer les préparatifs défensifs.

– Nous avons de quoi soutenir un siège, dis-je enfin.

– Euh... répondit Northmour d'une voix traînante, un tout petit siège... peut-être. Ce n'est pas tant la capacité de résistance du pavillon que je mets en doute ; ce qui me tue, c'est que nous sommes face à un double danger. Si on en vient à échanger des coups de feu, l'endroit a beau être isolé, on peut être sûr que quelqu'un entendra, et alors… eh bien alors, ce sera la même chose, sauf que ce sera différent, comme on dit : ou bien nous serons mis en cage par la police, ou bien les *carbonari* nous tueront. Voilà l'alternative. C'est diablement embêtant d'avoir la police contre soi, dans ce bas monde, et c'est ce que j'ai dit au vieux monsieur du premier. Il partage tout à fait ma façon de voir.

– A propos, dis-je, quel genre d'homme est-il ?

– Oh, lui ! s'exclama Northmour ; c'est un type tout à fait antipathique. Ça ne me déplairait pas que tous les diables d'Italie lui tordent le cou demain. Ce n'est pas pour lui que je me suis mis dans cette affaire, si vous voyez ce que je veux dire. J'ai conclu un marché pour la main de la petite demoiselle, et je compte bien l'avoir.

– Entre nous, dis-je, je vous comprends. Mais comment M. Huddlestone va-t-il prendre mon intrusion ?

– Laissez faire Clara, répondit Northmour.

Je l'aurais bien giflé pour cette familiarité

grossière ; mais je respectais notre trêve, tout comme, je dois dire, Northmour lui-même, et tant que dura le danger, aucun nuage ne vint assombrir nos rapports. Je lui en rends témoignage avec la plus sincère reconnaissance ; et ce n'est pas sans fierté que je me rappelle ma propre conduite. Car il est certain que jamais deux hommes ne se sont trouvés dans une situation aussi lourde d'hostilité et de passion.

Dès que j'eus fini de manger, nous entreprîmes d'inspecter le rez-de-chaussée. Fenêtre par fenêtre nous éprouvâmes les différents étais, faisant de temps en temps une modification mineure ; les coups de marteau résonnaient avec une force saisissante à travers toute la maison. Je suggérai de percer des meurtrières ; mais il m'apprit qu'il en avait déjà aux fenêtres de l'étage supérieur. C'était une entreprise angoissante que cette inspection, et elle me laissa déprimé. Il y avait deux portes et cinq fenêtres à garder, et, en comptant Clara, nous n'étions que quatre pour les défendre face à un nombre d'ennemis inconnu. Je fis part de mes craintes à Northmour qui m'assura, avec un calme imperturbable, qu'il les partageait entièrement.

– Avant l'aube, dit-il, nous serons tous taillés

en pièces et ensevelis dans le Graden Floe. Pour moi, c'est écrit.

Je ne puis m'empêcher de frissonner à la mention des sables mouvants, mais fis remarquer à Northmour que nos ennemis m'avaient épargné dans les bois.

– Ne vous faites pas d'illusions, dit-il. Vous n'étiez pas, alors, dans le même bateau que le vieux ; maintenant, vous y êtes. C'est le Floe pour nous tous, vous pouvez me croire.

Je tremblais pour Clara ; et juste à ce moment, sa voix bien-aimée nous appela à l'étage. Northmour monta le premier, et parvenu sur le palier, frappa à la porte de ce qu'on appelait dans le temps *la chambre de l'Oncle*, car c'était pour son propre usage que le constructeur du pavillon en avait dessiné les plans.

– Entrez, Northmour, entrez, cher monsieur Cassilis, dit une voix de l'intérieur.

Northmour poussa la porte et me laissa passer le premier. Sitôt entré, je vis Clara disparaître par la porte du bureau, dont on lui avait fait une chambre. Dans le lit, qui était tiré contre le mur, alors que lorsque je l'avais vu la dernière fois, il faisait bravement face à la fenêtre, Bernard Huddlestone, le banquier failli, était assis. Je l'avais à peine entrevu à la lumière fugitive de la lanterne sur la dune, mais je n'eus aucun mal à le reconnaître. Il avait le visage allongé et jaunâtre, entouré d'une longue barbe et de favoris roux. Son nez cassé et ses hautes pommettes lui donnaient un peu l'air d'un Kalmouk, et ses yeux clairs brillaient de l'excitation que donne une forte fièvre. Il portait une calotte de soie noire ; une énorme bible était ouverte devant lui sur le lit, une paire de lunettes à monture d'or était posée à côté, et d'autres livres étaient empilés sur la table de chevet. Les rideaux verts jetaient une lueur cadavérique sur ses joues ; comme il était soutenu par des oreillers, son grand corps était douloureusement voûté, et sa tête pendait en avant, jusqu'à la verticale de ses genoux. Je crois que s'il n'était pas mort autrement, il aurait succombé à la consomption en quelques semaines à peine.

Il me tendit une main longue, fine et désagréablement poilue.

– Entrez, entrez, monsieur Cassilis, dit-il. Encore un protecteur – hum ! –, encore un protecteur. Vous êtes toujours le bienvenu, étant un ami de ma fille, monsieur Cassilis. Comme ils se rassemblent autour de moi, les amis de ma fille !

Que le Dieu tout-puissant les bénisse et les récompense pour cela !

Je lui tendis la main, bien sûr, parce que je ne pouvais faire autrement ; mais la sympathie que j'étais prêt à éprouver pour le père de Clara fut immédiatement altérée par son apparence, et le ton cauteleux, peu naturel, de ses paroles.

– Cassilis est très bien, dit Northmour, il en vaut dix à lui tout seul.

– C'est ce qu'on m'a dit, s'écria M. Huddlestone avec conviction. C'est ce que me dit ma fille. Ah ! monsieur Cassilis, mes fautes m'ont rattrapé, comme vous le voyez ! Je suis bas, très bas ; mais, je l'espère, tout aussi repentant. Nous comparaîtrons tous devant le trône de miséricorde au bout du compte, monsieur Cassilis. Pour ma part, j'y viens tard, il est vrai ; mais, je crois que c'est avec une sincère humilité.

– Balivernes ! dit Northmour rudement.

– Non, mon cher Northmour, s'écria le banquier. Ne dites pas cela ; n'essayez pas de m'ébranler. Vous oubliez, cher et excellent jeune homme, que je serai peut-être appelé devant mon Créateur cette nuit même.

Son état d'agitation était pitoyable ; et je me sentis plein d'indignation à l'encontre de

Northmour, dont je connaissais bien les opinions mécréantes, que je raillais de bon cœur, tandis que lui continuait à persifler le pauvre pécheur pour le faire sortir de son humeur pénitente.

– Peuh ! mon cher Huddlestone, disait-il. Vous vous sous-estimez. Vous êtes un homme du monde jusqu'au bout des ongles, et avez fait les quatre cents coups avant même que je sois né. Vous avez la conscience aussi tannée qu'un cuir d'Amérique du Sud. Seulement, vous n'avez pas fait subir le même sort à votre foie. Si vous voulez m'en croire, c'est de là que vient le problème.

– Vous n'êtes qu'une canaille, un voyou ! s'écria M. Huddlestone en agitant le doigt. Je n'ai rien d'un puritain, si c'est là ce que vous voulez dire ; j'ai toujours eu horreur des puritains ; mais jamais, en dépit de tout, je n'ai oublié qu'on peut toujours être meilleur. J'ai eu une jeunesse dépravée, monsieur Cassilis ; je ne cherche pas à le nier ; mais cela, c'était après la mort de ma femme, et, vous le savez, quand on est veuf, c'est différent : c'était mal, je ne dis pas le contraire ; mais il y a des nuances, on peut l'espérer. Et puisque nous sommes sur ce sujet… Écoutez ! s'interrompit-il soudain en levant la main, les doigts écartés, le visage ravagé par l'angoisse et la terreur.

– Non, ce n'est que la pluie, grâce au Ciel ! ajouta-t-il après un silence, et avec un indescriptible soulagement.

Pendant quelques secondes, il retomba sur les oreillers, comme s'il allait perdre connaissance ; puis il se ressaisit, et d'une voix quelque peu tremblante, me remercia encore pour la part que j'étais prêt à prendre à sa défense.

– Une question, monsieur, dis-je, lorsqu'il eut fini. Est-il exact que vous avez de l'argent sur vous ?

Il parut contrarié par ma question, mais reconnut, non sans réticence, qu'il en avait un peu.

– Eh bien, poursuivis-je, c'est après leur argent qu'ils en ont, n'est-ce pas ? Pourquoi ne pas le leur rendre ?

– Ah ! répondit-il en secouant la tête, j'ai déjà essayé, monsieur Cassilis ! S'il ne s'agissait que de cela ! Mais ce qu'ils veulent, c'est du sang !

– Huddlestone, vous ne dites pas toute la vérité, dit Northmour : il s'en fallait de deux cent mille livres, pas moins, pour que votre offre soit acceptable. Un trou pareil, ça ne passe pas inaperçu ; il ne s'agit pas d'une bagatelle, Frank ! Voyez vous, ces gens-là raisonnent en Italiens : il leur semble (et, pour ne rien vous cacher, je les comprends) qu'ils pourraient bien, pendant qu'ils y sont, avoir d'un coup l'argent et le plaisir de la vengeance sans avoir à lever le petit doigt, pardi !

– Est-il dans le pavillon ? demandai-je.

– Oui, et je préférerais qu'il soit enfoui au plus profond de l'océan, dit Northmour. Mais pourquoi toutes ces grimaces ? reprit-il brusquement en s'adressant à Huddlestone, à qui j'avais par inadvertance tourné le dos. Auriez-vous peur que monsieur Cassilis vous trahisse ?

M. Huddlestone jura que rien n'était aussi éloigné de ses pensées.

– J'aime autant cela, répliqua Northmour, d'un ton fort désagréable. Vous finirez par nous lasser ! Vous vouliez dire quelque chose ? ajouta-t-il, en se tournant vers moi.

– J'allais suggérer une occupation pour l'après-midi, dis-je. Sortons cet argent, jusqu'au dernier sou, devant la porte du pavillon. Si les *carbonari* viennent, eh bien, il est à eux, après tout.

– Non, non, s'écria M. Huddlestone, il n'est pas à eux, il ne faut pas leur rendre ! Cet argent doit être distribué *pro rata* entre tous mes créditeurs.

– Allons, Huddlestone, dit Northmour, ne dites pas de sottises.

– Mais ma fille… gémit le malheureux.

– Votre fille ne manquera de rien. Elle devra choisir entre deux soupirants, Cassilis et moi-même, qui ne sont pas des mendiants. Quant à vous, que cela soit entendu une fois pour toutes : vous n'avez pas droit à un sou et, sauf erreur de ma part, vous allez mourir.

C'étaient là, certes, de cruelles paroles. Mais M. Huddlestone n'inspirait guère la compassion ; et il eut beau grimacer et frémir, j'approuvai intérieurement cette remontrance avant d'y ajouter ma propre contribution.

– Northmour et moi, déclarai-je, sommes d'accord pour vous sauver la vie, mais pas pour nous enfuir avec des biens qui ne nous appartiennent pas.

Pendant un instant, il lutta contre lui-même, comme s'il était sur le point de céder à la colère ; mais la raison finit par l'emporter.

– Mes chers garçons, dit-il, faites ce que vous voudrez de mon argent comme de moi-même. Je m'en remets à vous pour tout. Maintenant, j'ai besoin de repos après toutes ces émotions.

Et ainsi nous le quittâmes, non sans soulagement, il faut l'avouer. J'eus le temps de le voir reprendre sa grosse bible et ajuster ses lunettes d'une main tremblante afin de reprendre sa lecture.

CHAPITRE VII

Où l'on entend un cri à la fenêtre du pavillon

Jamais je n'oublierai cet après-midi-là. Northmour et moi-même étions persuadés que l'assaut était imminent ; et s'il avait été en notre pouvoir de modifier en quoi que ce soit le cours des événements, nous en aurions profité pour avancer plutôt que de retarder l'instant crucial. Le pire était à craindre ; pourtant, nous ne pouvions imaginer d'extrémité aussi affreuse que l'attente à laquelle nous étions à présent soumis. Sans être un lecteur passionné, j'ai toujours beaucoup lu ; mais les livres que j'ouvris cet après-midi-là dans le pavillon, pour les refermer aussitôt, me semblèrent tous plus insipides les uns que les autres. Même la conversation devenait impossible à mesure que les heures passaient. L'un ou l'autre d'entre nous était toujours à tendre l'oreille au moindre bruit, ou bien à épier la lande d'une fenêtre du premier étage. Mais aucun signe ne trahissait la présence de nos ennemis.

A plusieurs reprises nous parlâmes de ma suggestion concernant l'argent ; si nous avions été en pleine possession de nos moyens, je suis certain que nous l'eussions jugée peu sage ; mais dans l'état d'extrême angoisse qui était le nôtre, et où nous sursautions au moindre indice, nous décidâmes, bien que cela revînt à révéler la présence de M. Huddlestone dans le pavillon, de mettre ma suggestion en œuvre.

Une partie de l'argent était en espèces, une autre en billets de banque, une autre encore en lettres de change payables à l'ordre de James Gregory. Nous la sortîmes, la comptâmes, la rangeâmes de nouveau dans un porte-documents qui appartenait à Northmour, et rédigeâmes une lettre en italien, que nous attachâmes à la poignée. La lettre était signée, sous serment, par nous deux, et disait qu'il y avait là tout l'argent qui avait échappé à la faillite de la firme Huddlestone. Ce fut là peut-être l'acte le plus fou jamais perpétré par deux êtres réputés raisonnables. Si le porte-documents tombait en des mains autres que celles auxquelles nous le destinions, nous étions condamnés par notre propre témoignage ; mais, comme je l'ai indiqué, nous n'étions ni l'un ni l'autre en situation de décider froidement, et nous avions un besoin d'action qui nous poussait à faire quelque chose, fût-ce une folie, plutôt que de supporter plus longtemps les affres de l'attente. De plus, comme nous étions tous les deux convaincus que les creux de la lande étaient pleins d'espions aux aguets qui épiaient nos mouvements, nous espérions que notre apparition avec la mallette pourrait déboucher sur des pourparlers, voire sur un compromis.

Il devait être 3 heures lorsque nous sortîmes du pavillon. La pluie avait cessé. Le soleil brillait presque joyeusement. Je n'avais jamais vu les mouettes voler si près de la maison, ni s'approcher si audacieusement des êtres humains. Alors que nous étions encore sur le pas de la porte, l'une d'elles battit bruyamment des ailes en passant devant nos têtes, et lança son cri sauvage dans le creux de mon oreille.

– Voilà un présage pour vous, déclara Northmour qui, comme tous les libres penseurs, était fort superstitieux. Elles nous croient déjà morts.

Je hasardai une réplique spirituelle, mais le cœur n'y était pas : cet incident m'avait impressionné.

Nous déposâmes la mallette un ou deux mètres en avant de la barrière, sur une petite étendue de gazon ; puis Northmour agita un mouchoir blanc au-dessus de sa tête. Aucune réponse. Nous élevâmes la voix, et criâmes en italien que nous étions des émissaires chargés de régler la dispute ; mais rien ne rompit le silence, hormis les mouettes et le ressac. J'avais le cœur lourd lorsque nous décidâmes de renoncer ; et je vis que Northmour lui-même était d'une pâleur inhabituelle. Il regardait derrière lui en se retournant nerveusement, comme s'il craignait que quelqu'un ait pu ramper entre lui et la porte du pavillon.

– Par le Ciel, dit-il dans un murmure, je n'en puis plus.

Je répondis sur le même ton :

– Et s'il n'y avait personne, après tout ?

– Regardez là-bas, répondit-il, en hochant la tête, comme s'il avait peur de me montrer du doigt ce qu'il voyait.

Je regardai dans la direction qu'il indiquait : de la partie nord de la forêt une fine colonne de fumée montait lentement dans le ciel à présent dégagé.

– Northmour, dis-je (nous nous parlions toujours en murmurant), cette attente devient intolérable. Je préfère cinquante fois la mort. Restez ici et surveillez le pavillon ; je vais devant en éclaireur, et tant pis si je dois me jeter tête baissée au milieu de leur camp !

Il regarda de nouveau autour de lui en plissant les yeux, puis, d'un signe de tête, accepta ma suggestion.

Le cœur battant à tout rompre, je m'élançai rapidement dans la direction de la fumée ; aux sueurs froides et aux frissons, succéda subitement une sensation de fièvre brûlante qui m'enveloppait tout le corps. Le sol, dans la direction que j'avais prise, était très accidenté ; cent hommes auraient pu se trouver tapis dans autant de mètres carrés sur mon passage. Mais, profitant de mes expériences précédentes, je choisis mon itinéraire de manière à déjouer toutes les embûches ; en longeant les crêtes les plus propices, j'avais vue sur plusieurs cachettes à la fois. Avant longtemps ma prudence fut récompensée. Parvenu sur une éminence qui dominait les dunes environnantes, j'aperçus, à une vingtaine de mètres de moi à peine, un homme presque plié en deux, qui courait aussi vite que sa position le lui permettait, au fond d'une ravine. J'avais déniché un de nos espions. Sitôt que je le vis, je l'appelai en anglais, puis en italien ; se voyant repéré, il se redressa, bondit hors de la ravine, et fila comme une flèche vers la lisière du bois.

Je ne jugeai pas opportun de le poursuivre ; je savais ce que je voulais savoir : nous étions surveillés, assiégés, dans le pavillon ; je m'en retournai immédiatement, marchant autant que possible dans mes propres pas, là où Northmour m'attendait, auprès de la mallette. Il était encore plus pâle que lorsque je l'avais quitté, et sa voix tremblait un peu.

– Vous avez vu de quoi il a l'air ? demanda-t-il.

– Il me tournait le dos, répondis-je.

– Rentrons dans le pavillon, Frank. Je ne crois pas être un lâche, mais je n'en puis plus, murmura-t-il.

Tout était paisible, baigné de soleil, autour du pavillon lorsque nous nous préparâmes à y rentrer ; même les mouettes volaient en cercles plus larges, et on les voyait battre des ailes au-dessus de la plage et des dunes ; un tel calme me terrifiait davantage qu'un régiment en armes. Ce ne fut qu'une fois que la porte eut été barricadée que je repris vraiment ma respiration et me libérai du poids qui m'oppressait la poitrine. Northmour et moi échangeâmes un long regard, et j'imagine que chacun de nous put méditer tout à loisir sur la pâleur et l'air hagard de son vis-à-vis.

– Vous aviez raison, dis-je. Nous sommes perdus. Serrons-nous la main, mon vieux. Pour la dernière fois.

– Oui, répondit-il, j'accepte de vous serrer la main, car aussi vrai que je suis ici, je n'ai rien contre vous. Mais n'oubliez pas que si, par miracle, nous échappons à ces canailles, je saurai reprendre l'avantage sur vous. Et tous les moyens seront bons.

– Oh ! vous me fatiguez, répliquai-je.

Il s'éloigna, visiblement offensé, vers l'escalier. Là, il s'arrêta.

– Vous ne comprenez pas, reprit-il. Je suis loyal, mais je m'occupe de mes intérêts, voilà tout. Que cela vous fatigue ou non, monsieur Cassilis, m'est parfaitement indifférent ; je parle pour ma propre satisfaction, pas pour vous divertir. Allez donc là-haut faire votre cour à la demoiselle ; pour ma part, j'aime mieux rester ici.

– Je reste avec vous, répliquai-je. Croyez-vous que j'abuserais de la situation, même avec votre permission ?

– Frank, dit-il, en souriant, dommage que vous soyez un âne, car vous auriez pu être un homme. Je ne suis sans doute pas dans mon état normal aujourd'hui ; vous avez beau essayer, vous n'arrivez pas à me faire perdre mon calme. Vous savez quoi ? poursuivit-il d'une voix suave, j'ai l'impression que nous sommes les deux hommes les plus malheureux de toute l'Angleterre, vous et moi ! Nous voici arrivés à l'âge de trente ans ; et nous n'avons ni femme ni enfant, pas même quelque petit commerce pour nous donner du souci ! Nous ne sommes que deux pauvres diables, pitoyables, seuls au monde ! Et voilà que nous sommes prêts à nous battre pour une jouvencelle ! Comme s'il n'y en avait pas des millions dans le Royaume-Uni ! Ah ! Frank, Frank, celui de nous qui perdra, que ce soit vous ou moi, je le plains de tout mon cœur ! mieux vaudrait pour lui qu'on lui accroche une pierre au cou, et qu'on le jette au fond de l'océan. Si nous buvions un verre ? proposa-t-il subitement, mais sans se départir de sa gravité.

Ses paroles m'avaient touché ; j'acceptai. Il

s'assit sur la table de la salle à manger, et éleva son verre de sherry à la hauteur de ses yeux.

– Si vous l'emportez, Frank, je me mettrai à boire. Et vous, que ferez-vous, si c'est le contraire qui arrive ?

– Dieu seul le sait, répondis-je.

– Eh bien, en attendant, je propose un toast : *Italia irredenta !*

Nous passâmes le reste de la journée dans la même affreuse attente, dans la même incertitude. Je mis le couvert, pendant que Clara et Northmour préparaient le dîner dans la cuisine. Tandis que je m'affairais, j'entendais ce qu'ils disaient, et je fus surpris de constater qu'il n'était question que de moi. Northmour ne cherchait nullement à me traiter en intrus, et taquinait Clara sur le choix d'un époux ; de plus, il parlait de moi avec affection, et ne disait rien en ma défaveur sans prendre lui-même sa part de blâme. J'en éprouvai un sentiment de reconnaissance qui, s'ajoutant à l'imminence du péril, emplit mes yeux de larmes. Au fond, me dis-je (et peut-être cette idée était-elle risible et illusoire), nous ne sommes guère que trois nobles créatures en train de lutter pour sauver la vie d'un banquier félon.

Avant que nous ne passions à table, je jetai un

coup d'œil dehors par une fenêtre de l'étage. La nuit commençait à tomber ; les dunes étaient absolument désertes ; la sacoche était toujours là, telle que nous l'avions laissée quelques heures auparavant.

M. Huddlestone, vêtu d'une longue robe de chambre jaune, s'assit à un bout de la table, Clara en face de lui ; Northmour et moi prîmes place en face l'un de l'autre. La lampe, dont la mèche brûlait sans dégager de fumée, brillait bien ; le vin était bon ; la chère, bien que froide pour l'essentiel, était de la meilleure qualité. Comme par un accord tacite, nous évitions toute allusion à la catastrophe imminente. Si bien que, compte tenu des circonstances tragiques où nous étions, nous formions une compagnie plus gaie qu'on pouvait s'y attendre. De temps à autre, il est vrai, Northmour et moi nous levions pour aller inspecter les défenses, et à chaque fois, M. Huddlestone fut bien obligé de se souvenir du sort tragique qui l'attendait. Il levait brièvement des yeux hagards et, l'espace d'un instant, son visage était empreint du sceau de la terreur. Mais il s'empressait de vider son verre, s'essuyait le front avec son mouchoir, et reprenait sa place dans la conversation.

Je fus étonné de voir l'esprit et la culture dont

il faisait preuve. M. Huddlestone n'était vraiment pas quelqu'un d'ordinaire ; il avait beaucoup lu, beaucoup observé ; et il avait d'excellentes facultés ; certes, je n'aurais jamais pu me prendre d'affection pour un tel homme, mais je commençais à comprendre pourquoi il avait réussi dans les affaires, et pourquoi il avait joui d'un tel respect avant sa faillite. Par-dessus tout, c'était un homme du monde ; et bien que je ne l'eusse jamais entendu parler en dehors de cette funeste occasion, je le place au rang des plus brillants causeurs que j'aie rencontrés.

Il était en train de nous conter, avec beaucoup de verve, et apparemment sans la moindre vergogne, les manœuvres d'un courtier véreux qu'il avait connu, et dont il avait suivi les agissements dans sa jeunesse, et nous l'écoutions tous avec un mélange bizarre d'amusement et de gêne, lorsque notre petite réunion fut soudain interrompue de la manière la plus saisissante.

Un bruit, comme un doigt mouillé qui crisse sur une vitre, coupa net M. Huddlestone dans son récit. En une seconde nos visages devinrent livides, et nous demeurâmes assis, muets et glacés, autour de la table.

– C'est sûrement un escargot, déclarai-je enfin ;

car j'avais entendu dire que ces animaux font un bruit de ce genre.

– Au diable vos escargots, dit Northmour. Taisez-vous !

Le même bruit se fit entendre à deux reprises à des intervalles réguliers. Puis une voix formidable cria, à travers les volets le mot italien :

– *Traditore !*

M. Huddlestone releva violemment la tête ; ses paupières tremblaient ; l'instant d'après, il s'effondra sans connaissance sous la table. Northmour et moi nous étions précipités à l'armurerie, pour prendre des pistolets. Clara s'était dressée, la main sur la gorge.

Nous attendîmes ainsi, certains que l'heure de l'assaut avait sonné ; mais les secondes se succédaient, et seul le bruit du ressac rompait le silence qui enveloppait le pavillon et ses environs.

– Vite, dit Northmour, portons-le là-haut avant qu'ils n'arrivent.

CHAPITRE VIII

Où l'on raconte quels furent les derniers moments du grand vieillard

Tant bien que mal, à force de hisser et de pousser, nous réussîmes, à nous trois, à porter M. Huddlestone à l'étage, et l'allongeâmes sur le lit de *la chambre de l'Oncle*. Au cours de cette opération, qui fut des plus pénibles, il ne donna aucun signe de vie, après quoi il demeura, tel que nous l'avions déposé sur le lit, sans bouger d'un pouce. Clara ouvrit sa chemise et entreprit de lui humecter le visage et la poitrine, tandis que Northmour et moi courions à la fenêtre. Le ciel était toujours sans nuages ; la lune, presque pleine à présent, s'était levée, versant une vive clarté sur les dunes ; pourtant, nous avions beau écarquiller les yeux, nous ne voyions rien bouger. Quelques taches sombres, tout au plus, sur l'étendue inégale, demeuraient mystérieuses ; nul n'aurait pu dire s'il s'agissait d'hommes tapis aux aguets, ou de simples ombres.

– Dieu merci, remarqua Northmour, Aggie ne vient pas ce soir.

Aggie était sa vieille nourrice ; il l'avait complètement oubliée jusqu'alors ; en fait, qu'il ait seulement pensé à elle me surprenait de sa part.

De nouveau, il fallut se résoudre à attendre. Northmour s'approcha de la cheminée, et étendit les mains devant les braises rougeoyantes, comme s'il avait froid. Je le suivis machinalement des yeux et, par la même occasion, tournai le dos à la fenêtre. A ce moment, une très faible détonation se fit entendre au-dehors ; une vitre vola en éclats, et une balle vint s'enfoncer dans le volet, à quelques centimètres de ma tête. Clara poussa un cri ; instantanément, je me mis hors de vue, dans un recoin ; mais aussi rapide que je fusse, elle s'y précipita, pour ainsi dire, avant moi, pour me demander, l'air angoissé, si j'étais blessé. Il me sembla que je supporterais bien qu'on me tire dessus tous les jours et à longueur de journée, si c'était pour recevoir, en guise de récompense, de telles marques de sollicitude ; j'entrepris de la rassurer avec de tendres caresses, oubliant complètement notre situation, jusqu'à ce que la voix de Northmour me rappelle à la réalité.

– Une carabine à air comprimé, fit-il observer. Ils ne veulent pas faire trop de bruit.

J'écartai Clara, et me tournai vers lui. Il se tenait le dos au feu, les mains croisées derrière lui ; et je sus, à son expression menaçante, qu'il fulminait intérieurement. Il avait eu le même air, jadis, au moment de se jeter sur moi, par cette nuit de mars, dans la chambre voisine ; et j'avais beau comprendre parfaitement les raisons de sa colère, j'avoue que je frémis à l'idée des conséquences. Il regardait droit devant lui ; mais il nous observait du coin de l'œil, et sa fureur grandissait comme l'ouragan. Une bataille rangée nous attendait déjà au-dehors ; la perspective d'une guerre civile *intra-muros* commença à me faire peur.

Soudain, alors que j'épiais son expression, en me préparant au pire, un changement se produisit sur son visage : un éclair, une lueur de soulagement. Il prit la lampe qui se trouvait près de lui sur la table, et se tourna vers nous, l'air quelque peu excité.

– Il y a une chose qu'il faudrait que nous sachions, déclara-t-il. Vont-ils nous massacrer tous les quatre, ou seulement Huddlestone ?

Vous ont-ils pris pour lui, ou bien est-ce qu'ils vous ont tiré dessus pour vos *beaux yeux* ?

– Ils m'ont pris pour lui, c'est certain, répondis-je. Je suis à peu près de sa taille, et j'ai les cheveux blonds.

– C'est ce que nous allons voir, dit Northmour.

Il s'avança jusqu'à la fenêtre, en tenant la lampe au-dessus de sa tête ; il resta là, tranquille, face à la mort, une trentaine de secondes.

Clara essaya de se précipiter pour l'arracher à ce danger ; mais j'eus le réflexe égoïste (et bien pardonnable) de la retenir de force.

– En effet, observa Northmour, en se détournant calmement de la fenêtre : c'est seulement à Huddlestone qu'ils en veulent.

– Oh, monsieur Northmour..., s'écria Clara.

Mais elle ne put en dire davantage : elle n'avait pas de mots pour qualifier l'acte téméraire auquel elle venait d'assister.

Quant à lui, il me regarda, en inclinant légèrement la tête ; une lueur de triomphe brillait dans ses yeux ; je compris alors qu'il avait risqué sa vie de cette façon dans le seul but d'attirer l'attention de Clara, et de me destituer de la position héroïque qui était la mienne à cet instant. Il claqua des doigts.

– Ce n'est que le début de la fusillade, dit-il. Quand ils s'y mettront pour de bon, ils ne feront pas tant les difficiles.

Une voix s'éleva à ce moment, du côté de la porte d'entrée. En regardant par la fenêtre, nous aperçûmes la silhouette d'un homme dans le clair de lune ; il se tenait immobile, le visage levé vers nous ; son bras tendu tenait un morceau d'étoffe blanche ; et comme nous l'observions, bien qu'il se trouvât à une certaine distance, nous vîmes le reflet de la lune étinceler dans ses yeux.

Il ouvrit de nouveau la bouche, et parla pendant quelques minutes sans s'interrompre, d'une voix si forte qu'on aurait pu l'entendre dans le moindre recoin du pavillon, et jusqu'à la lisière des bois. C'était la même voix que celle qui avait crié « *Traditore !* » à travers les volets de la salle à manger ; cette fois, il s'agissait de tout un discours. Si on leur remettait « Oddlestone », tous les autres seraient épargnés ; dans le cas contraire, aucun de nous n'en réchapperait pour conter son histoire.

– Eh bien, Huddlestone, qu'en pensez-vous ? demanda Northmour en se tournant vers le lit.

Jusqu'à cet instant, le banquier n'avait pas donné le moindre signe de vie, et, en ce qui me concerne, je croyais qu'il était toujours sans connaissance ; mais il répondit tout de suite, d'une voix que je n'ai jamais entendue ailleurs, si ce n'est sortant de la bouche d'un dément ; il nous adjura, nous supplia, de ne pas l'abandonner. On ne saurait imaginer de scène aussi hideuse qu'abjecte.

– Assez ! ordonna Northmour.

Il ouvrit grand la fenêtre, se pencha dans l'obscurité et, d'une voix pleine d'exultation, oubliant complètement toute considération pour la jeune femme qui se trouvait là, déversa sur le messager un abominable chapelet de sarcasmes où l'italien se mêlait à l'anglais, lui intimant de s'en retourner d'où il venait. Je crois bien que rien ne réjouissait Northmour davantage, en ce moment, que l'idée que nous allions tous, immanquablement, périr avant la fin de la nuit.

L'Italien remit son drapeau blanc dans sa poche, et disparut, sans se presser, parmi les dunes.

– Ils nous font une guerre honorable, dit Northmour. Ce sont tous des gentilshommes et des soldats. Cela seul vaudrait que vous et moi, Frank, sans vous oublier, ma chère Missy, nous changions de camp, laissant cet individu sur le lit aux soins de quelqu'un d'autre. Allons, allons ! ne vous offusquez pas ! Nous sommes tous en route pour ce qu'on appelle l'éternité. Pourquoi ne pas sauter en marche, pendant qu'il en est encore temps ? Pour ma part, je commencerais bien par étrangler Huddlestone, et après je prendrais Clara dans mes bras. Alors je mourrais avec quelque fierté et satisfaction. Et à ce propos, par le Ciel, il me faut un baiser !

Avant que j'aie pu m'interposer, et malgré les protestations de Clara, il la prit entre ses bras et l'embrassa à plusieurs reprises. Je me précipitai, furieux, pour les séparer et rejetai Northmour contre le mur. Il éclata d'un rire tonitruant, qui me fit craindre que toute cette tension lui ait fait perdre l'esprit ; car même dans ses meilleurs moments, il riait peu, et jamais bruyamment.

– Allons, Frank, à votre tour, dit-il lorsque sa joie fut quelque peu apaisée. Serrons-nous la main. Au revoir ; adieu !

Mais, voyant que je restais immobile et plein d'indignation, tenant Clara près de moi :

– Ma parole ! s'exclama-t-il, vous êtes fâché ? Vous vous attendiez sans doute à ce que nous mourions tous avec la bonne grâce et les manières de la bonne société ? J'ai dérobé un baiser ; j'en suis heureux ; à présent, vous pouvez vous servir, nous voilà quittes.

Je détournai les yeux avec un mépris que je ne cherchai même pas à dissimuler.

– Comme vous voudrez, dit-il. Vous avez été un bigot toute votre vie, mourez donc en bigot.

Sur ce, il s'assit sur une chaise, un fusil sur les genoux, dont il s'amusa à faire claquer la sûreté ; mais je compris que cet accès de folle exubérance (le seul que je lui aie jamais connu) était déjà terminé, faisant place à une humeur sombre et boudeuse.

Dans le même temps, nos ennemis étaient peut-être en train de s'introduire dans la maison, et nous nous serions trouvés tout bêtes : en vérité, nous avions presque oublié le péril suspendu au-dessus de nos vies. Mais à ce moment précis, M. Huddlestone poussa un cri, et d'un bond sauta du lit.

Je lui demandai ce qu'il avait.

– Le feu ! s'écria-t-il. Ils ont mis le feu à la maison !

Northmour se leva instantanément, et nous nous précipitâmes tous les deux par la porte qui communiquait avec le bureau. Une lueur rouge et incandescente éclairait la pièce. A peine étions-nous entrés qu'une colonne de flammes s'éleva devant la fenêtre, et une vitre s'écrasa, dans un tintement de verre brisé sur le tapis. Ils avaient mis le feu à l'appentis dans lequel Northmour traitait ses négatifs.

– Ça va chauffer, observa Northmour. Allons voir dans votre ancienne chambre.

Nous y courûmes sans attendre, ouvrîmes la croisée, et regardâmes au-dehors. Sur toute la longueur arrière du pavillon, ils avaient entassé des fagots, puis y avaient mis le feu ; ils les avaient probablement inondés de pétrole car, en dépit de la pluie tombée au cours de la matinée, tout cela brûlait allégrement. Le feu avait déjà attaqué l'appentis, d'où les flammes s'élevaient plus haut à chaque instant ; la porte de derrière était le centre d'un brasier rougeoyant ; en regardant en l'air, nous vîmes que les avancées du toit, lequel était soutenu par d'énormes poutres, se consumaient déjà. En même temps, d'épaisses volutes de fumée brûlante, âcre et étouffante, commençaient à envahir la maison. On ne voyait pas âme qui vive, à gauche comme à droite.

– Eh bien ! dit Northmour, c'est la fin, Dieu soit loué !

Nous retournâmes dans la chambre. M. Huddlestone était en train de chausser ses bottes ; il tremblait encore violemment, mais avait un air résolu que je ne lui avais jamais vu auparavant. Clara était auprès de lui, et tenait sa cape dans les mains, prête à s'en couvrir les épaules ; elle avait une expression étrange, comme si son père lui inspirait autant d'espoir que de doutes.

– Et maintenant, mademoiselle, messieurs, reprit Northmour que diriez-vous d'une sortie ? Le four chauffe ; nous n'allons tout de même pas rôtir là-dedans ; en ce qui me concerne, j'ai hâte d'en venir aux mains avec ces gens, et d'en finir.

– Nous n'avons pas le choix, répondis-je.

Clara et M. Huddlestone, bien que sur des tons différents, ajoutèrent :

– En effet.

Tandis que nous descendions l'escalier, la chaleur devenait insupportable, le rugissement des flammes était assourdissant ; à peine avions-nous atteint le couloir que la fenêtre de l'escalier tomba, une langue de feu jaillit par cette ouverture ; l'intérieur du pavillon s'éclaira d'une lueur affreuse et dansante. Au même moment, nous entendîmes quelque chose de lourd et de rigide tomber à l'étage. Le pavillon tout entier, c'était évident, s'était embrasé comme une boîte d'allumettes et non seulement brûlait à présent jusqu'au ciel mais menaçait à tout moment de s'effondrer autour de nous.

Northmour et moi armâmes nos pistolets. M. Huddlestone, qui avait refusé d'en prendre un, nous ordonna fermement de nous mettre derrière lui.

– Laissez Clara ouvrir la porte, dit-il. De cette manière, s'ils ouvrent le feu, elle sera à l'abri. Et restez bien derrière moi. L'heure d'expier a sonné pour moi ; mes fautes m'ont rattrapé.

Je l'entendis, debout et retenant mon souffle près de son épaule, mon pistolet prêt, bredouiller vivement quelques prières dans un murmure tremblant : et je dois avouer, aussi affreuse que cette idée puisse paraître, que je le méprisai de songer à supplier en un moment si critique et dramatique. Pendant ce temps, Clara, pâle comme la mort, mais toujours maîtresse d'elle-même, démontait la barricade de la porte d'entrée. Puis elle l'ouvrit. La lumière du feu et celle de la lune illuminaient les dunes d'un lustre confus et changeant ; au loin, sur le fond du ciel, nous vîmes une longue traînée de fumée rousse.

M. Huddlestone, plein pour le moment d'une

résolution plus forte que lui, nous repoussa, Northmour et moi, du revers de la main ; et tandis que nous étions provisoirement empêchés d'intervenir, il leva les mains au-dessus de la tête, comme pour plonger, et s'élança droit devant lui hors du pavillon.

– C'est moi, Huddlestone ! s'écria-t-il. Tuez-moi, mais épargnez les autres !

Je crois que cette soudaine apparition prit nos adversaires au dépourvu dans leurs cachettes ; car Northmour et moi eûmes le temps de nous ressaisir, d'attraper Clara chacun par un bras, et de nous ruer à l'aide de Huddlestone, avant qu'il ne se passe quoi que ce fût. Mais à peine avions-nous franchi le seuil que, venant de toutes les directions une douzaine de détonations accompagnées d'éclairs retentirent au creux des dunes. M. Huddlestone chancela, poussa un cri étrange et terrifiant, jeta les bras en l'air, et tomba en arrière sur l'herbe.

– *Traditore ! Traditore !* s'écrièrent les invisibles vengeurs.

A ce moment précis, une partie de la toiture du pavillon s'effondra, tant le feu avait avancé vite. Un bruit de tonnerre, horrible et indescriptible accompagna ce cataclysme, et une masse de flammes prit son essor vers le ciel. On devait voir le feu, à présent, à une distance de vingt milles en mer, du rivage de Graden Wester, et, à l'intérieur des terres, d'aussi loin que le pic de Graystiel, qui est le sommet le plus oriental des Caulder Hills. Bernard Huddlestone, bien que Dieu seul sache quelles furent ses obsèques, eut un beau bûcher au moment du trépas.

CHAPITRE IX

Où il est dit comment Northmour mit sa menace à exécution

Comment vous conter ce qui se passa après ce tragique épisode ? Quand j'y repense, j'ai le souvenir d'une lutte confuse, épuisante et vaine, comme le combat d'un dormeur en proie au cauchemar. Je me rappelle que Clara poussa un soupir de désespoir et serait tombée en avant sur le sol si Northmour et moi n'avions soutenu son corps sans connaissance. Je ne crois pas qu'on nous attaqua ; je ne me souviens pas même d'avoir aperçu un seul de nos assaillants ; et il me semble que nous abandonnâmes M. Huddlestone sans même un regard. Tout ce que je sais, c'est que j'ai couru comme un homme pris de panique, tantôt portant Clara dans mes bras, tantôt partageant mon fardeau avec Northmour, tantôt encore luttant confusément et chèrement pour en reprendre possession. Pourquoi nous

nous dirigeâmes vers mon campement de Hemlock Den, et comment nous y parvînmes, autant de détails oubliés, jusqu'au moment où nous déposâmes Clara contre ma petite tente, et roulâmes par terre lui et moi ; avec une férocité contenue, il essayait de me frapper à la tête avec la crosse de son pistolet. A deux reprises déjà, il m'avait touché ; et c'est à la perte abondante du sang que je suis tenté d'attribuer la soudaine clarté de mon esprit.

Je le saisis par le poignet.

– Northmour, lui dis-je, vous me tuerez après, occupons-nous d'abord de Clara.

A ce moment, il avait le dessus. A peine avais-je parlé qu'il bondit sur ses pieds et se précipita vers la tente ; aussitôt il serra Clara entre ses bras, et couvrit son visage et ses mains sans vie de caresses.

– Honte à vous, Northmour, m'écriai-je, honte à vous !

Et tout étourdi que je fusse, je le frappai à plusieurs reprises à la tête et sur les épaules.

Il lâcha prise et me fit face dans la lumière incertaine de la lune.

– Lâche ! j'avais le dessus, et je vous ai épargné, dit-il. Et maintenant, vous me frappez !

– C'est vous qui êtes un lâche ! répliquai-je. A-t-elle désiré vos baisers alors qu'elle était encore consciente ? non ! A présent, elle va peut-être mourir ; et vous perdez de précieuses secondes à abuser de sa faiblesse. Écartez-vous, et laissez-moi lui venir en aide.

Il demeura immobile un instant devant moi, pâle et menaçant. Puis, subitement, il s'écarta.

– Faites donc, dit-il.

Je me jetai à genoux près d'elle, et défis, du mieux que je pus, sa robe et son corset ; mais tandis que je m'affairais ainsi, il me saisit par l'épaule.

– Ne la touchez pas, dit Northmour d'une voix féroce. Croyez-vous que je n'aie rien dans le ventre ?

– Northmour, m'écriai-je, si vous ne voulez ni l'aider, ni me laisser le faire, je vais devoir vous tuer !

– Voilà qui est mieux ! s'exclama-t-il. Et qu'elle meure elle aussi, que m'importe ? Écartez-vous d'elle, et préparez-vous à vous battre.

– Vous oubliez, dis-je en me levant à demi, que je ne l'ai pas encore embrassée !

– Je vous en défie ! s'écria-t-il.

Je ne sais ce qui me prit alors ; c'est une des choses dont j'ai le plus à rougir de toute ma vie, même si, comme ma femme le disait, je savais que mes baisers seraient toujours les bienvenus, qu'elle fût morte ou vive. Je tombai à genoux, écartai ses cheveux sur son front et, avec un pieux respect, posai un moment les lèvres sur son front glacé. C'était une caresse de père et, de la part d'un homme sur le point de mourir, envers une femme déjà morte, il n'y avait là rien de déplacé.

– Et maintenant, monsieur Northmour, dis-je, je suis à votre service.

Mais, à ma surprise, je constatai qu'il m'avait tourné le dos.

– M'entendez-vous ? demandai-je.

– Oui, dit-il. Si vous souhaitez vous battre, je suis prêt. Sinon, partez, et sauvez Clara. Cela revient au même pour moi.

Je ne me le fis pas dire deux fois. Je me penchai sur Clara, et entrepris de la ranimer. Elle était encore immobile et sans connaissance ; je commençai à craindre que son âme exquise l'ait abandonnée sans retour, et l'horreur, ainsi qu'un sentiment d'affreux désespoir m'étreignirent le cœur. Je prononçai son nom avec les intonations les plus affectueuses ; je lui frictionnai les mains, puis les frappai, tantôt laissant sa tête reposer sur le sol, tantôt la prenant sur mes genoux : mais tous mes efforts semblaient vains, ses paupières demeuraient closes.

– Northmour, dis-je, prenez mon chapeau et allez chercher de l'eau à la source.

En un rien de temps, il fut près de moi avec l'eau demandée.

– Je me suis servi de mon chapeau, expliqua-t-il. Vous ne m'en voudrez pas d'avoir ainsi abusé, j'espère.

– Northmour..., commençai-je, tout en baignant la tête et la poitrine de Clara ; mais il m'interrompit brutalement.

– Oh ! taisez-vous donc ! Le mieux que vous puissiez faire est de ne rien dire.

Je n'avais certainement pas envie de parler, tous mes esprits étant occupés par le souci de mon cher amour et de son état ; je continuai donc en silence à essayer de lui faire reprendre ses esprits ; lorsque le chapeau fut vide, je revins vers lui pour lui dire un seul mot :

– Encore.

Il dut s'exécuter plusieurs fois avant que Clara n'ouvre les yeux.

– Eh bien, dit-il, puisqu'elle va mieux, vous n'avez plus besoin de moi, n'est-ce pas ? Je vous souhaite le bonsoir, monsieur Cassilis.

Sur ces paroles, il s'enfonça dans les fourrés. Je fis un feu, car je n'avais plus rien à craindre des Italiens, qui avaient même épargné les modestes objets que j'avais laissés à mon campement ; puis, aussi brisée qu'elle fût par les événements de la soirée, et leur affreuse conclusion, je parvins, à force d'exhortations, d'encouragements, de chaleur, que sais-je encore ! à faire tant bien que mal reprendre ses esprits et une partie de ses forces à Clara.

Le jour était déjà levé quand un « Psst ! » aigu retentit dans les fourrés. Je me dressai d'un bond ; j'entendis la voix de Northmour appeler, calmement :

– Venez ici, Cassilis, mais seul ; j'ai quelque chose à vous montrer.

J'interrogeai Clara du regard et, avec sa permission tacite, la laissai seule, et sortis de mon trou. A quelques pas de là, j'aperçus Northmour, appuyé contre un sureau ; dès qu'il me vit, il s'éloigna en direction de la mer. Je l'avais presque rejoint lorsqu'il parvint à la lisière du bois.

– Regardez, dit-il, en s'arrêtant.

En quelques pas je fus hors du couvert des arbres. La lumière du matin jetait sa clarté froide et limpide sur le paysage familier. Le pavillon n'était plus qu'une carcasse noircie ; le toit s'était effondré, l'un des pignons s'était écroulé ; de loin en loin, la surface de la dune était marquée, comme par des cicatrices, de traînées d'ajoncs calcinés. Une épaisse fumée montait encore tout droit dans l'air immobile du matin, et un énorme amas de braises ardentes emplissait les murs nus de la maison, semblables à du charbon dans un foyer ouvert. Tout près de l'îlot, une goélette était à l'ancre, et une chaloupe poussée par un bon équipage se dirigeait vers le rivage.

– Le *Red Earl* ! m'écriai-je. Le *Red Earl* ! douze heures trop tard !

– Fouillez donc dans votre poche, Frank. Êtes-vous armé ? demanda Northmour.

J'obéis, et je crois bien que je devins livide comme la mort : on m'avait pris mon pistolet.

– Comme vous le voyez, vous êtes en mon pouvoir, poursuivit-il. C'est moi qui vous ai désarmé hier soir, pendant que vous soigniez Clara ; mais... ce matin... tenez : reprenez votre pistolet. Ne me remerciez pas ! s'écria-t-il en levant la main. J'ai horreur de ça ; et c'est la seule manière, désormais, dont vous puissiez encore me mettre hors de moi.

Il se mit en marche à travers les dunes à la rencontre de la chaloupe, et je suivis, un ou deux pas en arrière. Devant le pavillon, je m'arrêtai pour regarder l'endroit où M. Huddlestone était tombé ; mais il n'y avait nulle trace de lui, pas même une tache de sang.

– Graden Floe, dit Northmour.

Il se remit en marche, et nous parvînmes ainsi au bout de la plage.

– N'allez pas plus loin, je vous prie, dit-il. Vous voulez l'emmener à Graden House ?

– Merci, répondis-je ; je vais essayer de la conduire chez le pasteur de Graden-Wester.

A ce moment, la proue de la chaloupe racla la grève, et un marin sauta à terre, tenant un filin.

– Attendez un instant, les gars, cria Northmour avant de reprendre, tout bas, pour moi seulement :

– Vous feriez mieux de ne rien dire de tout ceci à Clara.

– Au contraire ! m'exclamai-je, j'ai l'intention de ne rien lui cacher !

– Vous ne comprenez pas, répondit-il, d'un air très digne. Cela ne lui apportera rien ; elle s'y attend de ma part.

– Adieu ! ajouta-t-il avec un bref signe de la tête.

Je lui tendis la main.

– Excusez-moi, dit-il. C'est mesquin, je le sais, mais vous m'en demandez trop. Je n'ai que faire de vos sensibleries, et ne comptez pas que je revienne un jour m'asseoir chez vous au coin du feu, voyageur aux tempes blanchies, et tout cela. Bien au contraire : je souhaite de tout mon cœur ne jamais vous revoir, ni vous, ni Clara.

– Eh bien alors, que Dieu vous bénisse, Northmour ! dis-je avec chaleur.

– Si vous y tenez…, répondit-il.

Il traversa la plage ; l'homme qui avait sauté à terre l'aida à monter dans la chaloupe, repoussa celle-ci à la mer, et embarqua à son tour. Northmour prit la barre ; la chaloupe franchit les vagues, et les rames, dans les tolets, battirent les flots en cadence dans l'air du matin.

Ils étaient à mi-chemin du *Red Earl,* et je contemplais encore leur progression, lorsque le soleil sortit de la mer.

Encore un mot, et j'en aurai terminé. Des années plus tard, Northmour fut tué en luttant sous les couleurs de Garibaldi pour la libération du Tyrol.

ROBERT LOUIS STEVENSON
L'AUTEUR

Robert Louis Balfour Stevenson est né en 1850, à Édimbourg, en Écosse. Enfant fragile, il mène une vie assez recluse jusqu'à son entrée à l'université, où il étudie le droit. Inscrit au barreau, il n'exercera jamais son métier d'avocat, lui préférant la littérature. Souffrant d'une maladie pulmonaire, il alterne les périodes de souffrance et de calme. Il a besoin de soleil, mais aussi de la solitude des brumes écossaises. Afin de rejoindre la femme qu'il aime (Fanny Osbourne), il ne cesse de voyager : Londres, la France et les Cévennes, qui lui inspirent son fameux *Voyage avec un âne à travers les Cévennes*, la Californie. A partir de 1882, il publie énormément, entre autres : les *Nouvelles Mille et Une Nuits*, *L'Île au trésor* (1883), *L'Étrange cas du Dr. Jekyll et Mr Hyde* (1885), *La Flèche noire* (1886). Il s'installe alors en Amérique, où il rédige *Le Maître de Ballantrae* (publié en 1889). En 1888, il embarque pour les mers du Sud (Marquises, Paumotus, Sandwich, Honolu). Il arrive dans l'archipel de Samoa en décembre 1889, où il décide de s'établir et de faire construire une magnifique maison à Vailima. Après différents nouveaux périples, il y emménage en 1893. Il meurt d'une crise d'apoplexie en 1894. Devenu une légende vivante pour la population locale, son enterrement donnera lieu à une grande cérémonie.

TABLE DES MATIÈRES

Du même auteur
dans la collection FOLIO **JUNIOR**

LE DIAMANT DU RAJAH

R.L. **STEVENSON**
n° 1178

L'ÉTRANGE CAS DU DR JEKYLL ET DE MR HYDE

R.L. **STEVENSON**
n° 635

L'ÎLE AU TRÉSOR

R.L. **STEVENSON**
n° 441

Mise en pages : Didier Gatepaille
Loi n°49-956 du 16 juillet 1949
sur les publications destinées à la jeunesse
ISBN 2-07-055278-0
Numéro d'édition : 128328
Premier dépôt légal : novembre 2003
Imprimé en Espagne
par Novoprint (Barcelone)